ブックレット〈書物をひらく〉10

聖なる珠の物語

空海・聖地・如意宝珠

藤巻和宏

平凡社

聖なる珠の物語——空海・聖地・如意宝珠［目次］

はじめに——5

一　空海と如意宝珠——9
如意宝珠とは
真言宗における如意宝珠信仰
如意宝珠と仏舎利
空海の遺言と東寺
如意宝珠の在所

二　室生山の如意宝珠——29
『一山縁起』の如意宝珠
如意宝珠の数と由来
小野流における如意宝珠

三　龍と如意宝珠——54
請雨経法と龍王

室生山における祈雨と龍王

宀一山土心水師と如意宝珠

如意宝珠をめぐる秘法

四　高野山の如意宝珠 —— 81

高野山への如意宝珠埋納

空海入定と仏舎利

高野山縁起の再編

如意宝珠による縁起の変容

真言宗の外へ

おわりに —— 110

あとがき —— 113

主要参考文献 —— 116

掲載図版一覧 —— 119

はじめに

「聖地」とはなにか？　他の空間とは、なにが異なるのだろうか？

近代学問の基礎となる近代合理主義は、数学によりいかなる空間も測定可能なものとしてしまい、この世界が均質で客観的な存在であることを暴きだした。そのような見地に立てば、数値化できない神秘的な存在は非科学的で前近代的なものとして斥けられ、学問の対象にはなりえないということになる。

しかし、例えばエドムント・フッサールは、『ヨーロッパ諸学の危機と超越論的現象学』において、客観的世界なるものは個人の意識のなかにあるものであり、誰にとっても同じ世界が存在しているとは限らないとして、近代合理主義的世界観の前提そのものを疑った。

現代に生きる我々は、地球が丸いということも、地震発生のメカニズムも、かつて恐竜が存在していたことも、知っている。前近代の人々が天動説を信じたり、地震の原因を怨霊やナマズに求めたりしたことを、憐憫と愛情のまじった目で眺め、それは科学的ではないが古人の豊かな想像力に支えられており、その所産である信仰や物語を研究することには一定の意義がある……云々と、優越的な立場

エドムント・フッサール　一八五九―一九三八年。オーストリアの哲学者、数学者。現象学を提唱した。

『ヨーロッパ諸学の危機と超越論的現象学』　邦訳は、細谷恒夫・木田元訳、中公文庫、一九九五年。原著刊行は一九三六年。

から論評する。自分の目で見たわけでもないのに、なぜ古人はかくも荒唐無稽なものを固く信じていたのだろうか、というわずかな軽侮の念を押し殺しつつ。

しかし我々は、龍や鬼の存在を信じた人々のメンタリティを発展途上の迷信と位置づける一方、龍や鬼よりもはるかに巨大で恐ろしい容貌を持った生物が数億年前に存在していたということに対し、微塵の疑念も持っていない。もし我々が、中世を生きた人々に恐竜の存在を教えたとしても、なんの証拠もない単なる妄想として一笑に付されるだけであろう。そう、我々は生きて動いている恐竜も、地下深くにあるプレートも、そしてこの地球の形状すら、写真や想像図でしか知らないのである。にもかかわらず、それらは現代科学によって証明された確固たる「真実」であると誰もが理解し、信頼している。どこの学校でもそのように教え、権威ある学者もそう説明するので、ことさら自分の目で確認するまでもない、と。

——これは、まさに「信仰」と呼ぶべきものではないだろうか。

龍や鬼、あるいは怨霊や神仏といったものの存在を疑う余地もない現実として生きていた古人の信仰と、我々の「現代科学」に対する信仰とは、その盲信性においていささかも異なることはないのだ。それは、当時の人々にとっての客観的世界にほかならない。本書で扱う「如意宝珠」という不可思議な物体も、単なる空想上の存在ではなく、そのような世界における紛れもない「真実」である。

さて、この世には——いや、この世にも、というべきだろうか——「聖地」と呼ばれる場所がある。それは、天国や浄土、あるいはユートピアや桃源郷(とうげんきょう)といった現実世界から隔絶した空間ではなく、我々が容易に足を運ぶことのできるところにある。

近年、映画やアニメ等の舞台となった場所を「聖地」と称し、そこを実際に訪れることを「巡礼」と呼ぶことがあるが、宗教上の聖地も同じ構造である。つまり、均質な空間の一部が、ある存在との関わりによって特別なものへと変容し、聖地となる。

では、聖地を聖地たらしめる「ある存在」とはなにか?

かつて私は、寺社の由来を叙述する物語、即ち「寺社縁起」を論ずるにあたり、〈聖なる力〉がそこを〈聖なる場〉へと変容させた経緯を叙述することにより、外部に対してその権威・聖性を主張する言説であると定義した。▲「縁起」には、起源や由来という意味があり、▲寺社創建の経緯や、その後の歴史を記すことで、過去と現在との繋がりによって正統性が保証される。これこそが寺社縁起の機能であり、そういった言説により当該寺社を含む空間が荘厳(そうごん)され、聖地化されるのである。神仏の化身(けしん)、あるいは英雄的人物が、ある場所に関わり、寺社を創建する。単に建てるだけでなく、その前後になんらかの偉業をなしたり、あるいは奇

かつて私は…… 藤巻和宏「縁起・参詣論の射程」(徳田和夫編『中世の寺社縁起と参詣』、竹林舎、二〇一三年)。

「縁起」には…… 現在一般的に用いられる「縁起がよい/悪い」という用法は、寺社縁起の「縁起」とはまったく異なるが、ものごとの始まりという意味から転じて、幸先(さいさき)がよい=縁起がよい、という意味が派生したと考えられる。

跡が起こったりする。また、その土地に寺社が建てられることは必然であったかのように、創建者と土地との古くからの因縁が語られたり、創建者がその土地を訪れたという偶然を必然に転化させる説明が加わったりもする。さらに、創建から現在までの歴史のなかでも、この種のことが繰り返し語られることになる。

　そして、その言説にさらなる説得力をもたらし、聖性を補強し持続させ、あるいは再認識させるのは、目に見える〝モノ〟——説得力のある指標である。現在、我々の眼前にある堂塔伽藍▲や仏像、鳥居や宝物といったモノは、こうした歴史を再現する証拠ともなり、モノと言説との相互作用により、聖なる場の聖性は、より確かなものへと高まってゆくのだ。

　本書では、聖地が聖地たることを保証する指標として、「如意宝珠」という存在に注目し、その聖なる力によってもたらされる現象を、さまざまな書物をひもとくことで見てゆきたい。

堂塔伽藍　寺院の建物の総称。

一 空海と如意宝珠

如意宝珠とは

如意宝珠とは、その名のとおり、意のままに願いを叶えてくれる宝の珠(たま)のことで、「如意珠」「如意摩尼(まに)」「摩尼宝珠」等と表記されることもある。仏の徳の象徴として観念され、如意輪観音(にょいりんかんのん)や千手観音(せんじゅかんのん)、地蔵(じぞう)等の仏像の持物(じもつ)とされることもあるが（図1）、その際には玉の上が少し尖(とが)ったタマネギのような形として造形される。例えば橋の欄干の上にこういう形の玉が付いていることもあるが、これは「宝珠に擬(なぞら)える」ということから、「擬宝珠(ぎぼし)」と呼ばれる。

図1　胸元に宝珠を持つ如意輪観音像

この如意宝珠は、古くは四～五世紀に中国で漢訳された仏典『観仏三昧海経(かんぶつざんまいかいきょう)』等に記され、日本では、『日本書紀(にほんしょき)』（七二〇年）巻第八の仲哀(ちゅうあい)天皇二年七月五日条に、「皇后、豊浦津に泊まりたまふ。この日に、皇后、如意珠を海中に得たまふ」と記されるのが初例である。仲哀天皇の皇后である神功皇后が、熊襲▲の征討に向かう途次、豊浦津（山口県下関市豊浦町）で海中から「如意珠」を得たという。これに近い記事は、『土佐国風土記』にも見られる。『土佐国風土記』は現存しないが、『日本書紀』の注釈書である『釈日本紀』（鎌倉時代末期）に引用される逸文により、その内容を知ることができる。

> 神功皇后の巡国したまひし時、御船泊てて、皇后、島に下りたまひ磯際に休息したまひて、一の白き石を得たまひき。団なること鶏卵の如し。皇后、御掌に安きたまふに、光明四に出づ。皇后大く喜びたまひ、左右に詔して曰りたまはく、「こは海神の賜へる白の真珠そ」とのりたまひき。

これは、「玉島▲」という地名の由来として語られており、豊浦津とは地理的にかなり隔たりもあるので、『日本書紀』とは異なる伝承であろう。内容も、単に真珠を入手したことを、「光り輝く」「神からの贈り物」であると修辞を尽くして表現した記事に過ぎないかのようにも思える。しかし、その真珠を得たのが神功皇后であることに注目するならば、自然界に存在する単なる真珠以上の存在とし

熊襲　九州南部に居住し、大和朝廷に抵抗したとされる部族、あるいはその地域の名称。

玉島　新編日本古典文学全集『風土記』（小学館、一九九七年）の頭注によれば、高知県須崎市浦ノ内、あるいは高知市浦戸湾内の巣山とする二説があるという。

て扱っている可能性も否定できない。

『日本書紀』では、神功皇后の口を借り、神から「熊襲は討つに及ばず、それよりも海の向こうの新羅を見よ」との託宣が下るも、仲哀天皇は聞き入れず熊襲征討を強行し、結局は果たされないまま崩御することになる。そういう意味では、願いを叶える珠としては描かれていないともいえる。また、神話的なイメージを纏う『日本書紀』や『風土記』の神功皇后伝承から、仏教的な要素を見いだすことに違和感を覚える向きもあるだろう。とすると、ここに描かれる「如意珠」は、如意宝珠とは無関係のものなのだろうか。

しかし、いうまでもなく仏教は六世紀に日本に伝来しており、八世紀までには法隆寺・薬師寺・興福寺・東大寺……等々、多くの寺院が建立され、仏教は国家的な庇護のもとにあった。その時期に編纂された『日本書紀』や『風土記』が、仏教の影響を受けていないはずがない。『日本書紀』には仏教伝来記事をはじめ、種々の仏教政策や寺院に関する記述も見いだせ、仏教伝来記事が『金光明最勝王経』に基づいて記述されているということは、古くから指摘されている。

さて、熊襲征討には効力を発揮しなかった「如意珠」であるが、兵庫県西宮市の廣田神社では「日本第一如意宝珠」として祀られ、公式サイトでは以下のように説明している。

廣田神社公式サイト http://www.hirotahonsya.or.jp/

能「西宮」に謡われる廣田神社秘蔵の霊宝《劔珠》は、『日本書紀』仲哀天皇二年の条に神功皇后が豊浦の津にて海中より得られ給うたと記された〈如意珠〉が、今に伝えられたものです。

　水晶の玉中に劔の顕れたる如意宝珠にして、この宝珠を得られてからの神功皇后は連戦連勝にて、本邦建国の海外大遠征の切［ママ］にも皇后並びに胎中天皇（大神［応］天皇＝八幡大神）の玉体を奉護し、大勝利を得て無事御凱旋を果たさせたる神通の霊宝として尊崇されました。


『日本書紀』巻第九で神功皇后は、仲哀天皇の死は神託に背いたためであるとし、託宣を下した神の名を尋ねて祀ったうえで、熊襲征討に成功する。その後も戦勝を重ね、そしてついに新羅を討つこととなる。それが「如意珠」の霊威によるものであるとは記されていないが、連勝したというのは『日本書紀』の記述どおりであり、廣田神社の説明に偽りはない。

『日本書紀』には、巻第二に記される海幸彦（うみさちひこ）と山幸彦（やまさちひこ）の物語▲に、潮の満ち引きを自在に操る「潮溢瓊（しおみつたま）」「潮涸瓊（しおふるたま）」（『古事記』上巻では「塩盈珠（しおみちのたま）」「塩乾珠（しおひのたま）」）が登場し、その他、記紀神話には不思議な力を持つタマ（珠・瓊・玉）がいくつも描か

海幸彦と山幸彦の物語　『日本書紀』では火闌降命（ほのすそりのみこと）と彦火火出見尊（ひこほほでみのみこと）、『古事記』では火照命（ほでりのみこと）と火遠理命（ほをりのみこと）の兄弟をめぐる物語として記述される。

れる。これらを三種の神器▲のひとつである曲玉に結び付けようとする見解もあるが、同時に仏教の影響を想定してもよいのではないだろうか。

霊力を有するタマは、実は多くの宗教圏において信仰されている。キリスト教では、キリストの支配権を象徴するものとして、十字架の付く球体（帝国宝珠）として造形される。球体というもの自体に、時代や文化を超えて人類を魅了する力が宿っているのだろうか。こうした汎宗教的な信仰にも繋がってゆくものとして広く如意宝珠を捉えつつ、真言宗における宝珠信仰をひとつの事例として分析することにより、宝珠に宿る〈聖なる力〉とその展開について考えてみたい。

真言宗における如意宝珠信仰

如意宝珠の「宝珠」は一般的には「ほうじゅ」と読むが、真言宗では「ほうしゅ」と読まれることが多い。それはなぜだろうか。

言葉と言葉とが重なって、後ろの言葉の最初の音が清音から濁音に変化することを「連濁」という。「花」＋「園」＝「花園」は、「はなその」ではなく「はなぞの」と発音するが、それと同様に、「宝」＋「珠」＝「宝珠」も、「しゅ」が濁って「ほうじゅ」となる。ただし、「はな」「その」などの和語に比べ、「ほう」「しゅ」のような漢語や外来語は連濁を起こしにくいとされており、例えば「飲

三種の神器　皇位継承のしるしとして代々の天皇に伝えられるとされる宝物。八咫鏡、草薙剣、八坂瓊曲玉と称される。

食」「主従関係」「テレビ放送」は、「いんじょく」「しゅじゅうがんけい」「てれびぼうそう」とはならない。しかし、「因果」が「いんが」、「贅沢三昧」が「ぜいたくざんまい」と濁るように例外も多く、一概にはいえない。どのような場合に連濁が起こるのか／起こらないのかということについては、日本語学研究の分野でさまざまな説があり、ここに詳述する余裕はないが、「宝珠」を「ほうじゅ」と読むか「ほうしゅ」と読むかについては、日本語学だけでなく信仰に関わる問題も大きく影響しているのではないかと思われる。

試みに、数種類の仏教辞典で「宝珠」を引いてみると、「ほうじゅ」と読むものが多いが、『密教大辞典』と『密教辞典』では「ほうしゅ」となっている。つまり、「ほうしゅ」と清音で読むことは、密教を根本とする真言宗における一般的な傾向だといえよう。では、その理由はなんだろうか。

宝珠という存在は仏教諸宗に共有されるものだが、真言宗においては特に聖なる存在として重視されており、弘法大師空海の遺言として崇敬されている『遺告二十五箇条』（『御遺告』）の第二十一条と第二十四条で、如意宝珠について詳しく説明されている。『遺告二十五箇条』は、末尾に承和二年（八三五）三月十五日（空海の死の六日前）の日付が記されるが、実際には空海に仮託して十世紀頃に作成されたもので、空海自身がこのようなことを記したわけではないが、十世紀の

『密教大辞典』 密教大辞典再刊委員会編『改訂増補 密教大辞典』一〜六巻（法藏館、一九六八〜七〇年）。

『密教辞典』 佐和隆研編『密教辞典』（法藏館、一九七五年）。

空海 七七四―八三五年。平安時代前期の僧。唐に留学して青龍寺の恵果から密教を学び、帰国後、真言宗を開いた。弘法大師は諡号（おくりな）。

十世紀頃 『遺告二十五箇条』の成立年代は、最古写本の奥書より安和二年（九六九）以前とされるが、苫米地誠一「空海撰述の「祖典」化をめぐって――空海第三地菩薩説と『御遺告』の成立」（阿部泰郎編『中世文学と寺院資料・聖教』、竹林舎、二〇一〇年）は、天暦三年（九四九）〜天禄三年（九七二）に東寺一長者を務めた寛空の周辺で、九五〇年頃に成立したと推測する。

真言僧たちが、空海の名のもとに宝珠を聖なる存在と位置づけたということから、その重要性がうかがえよう。
第二十一条では、「大日如来、一切衆生の為に密教を説きたまへり。万生、利益を蒙るにあらざることなし。但しこの法はこれ如意宝珠の如し」と、大日如来の説いた密教を宝珠に譬えている。また、第二十四条では、「如意宝珠は〔……〕自然道理の如来の分身なるものなり」と、釈迦如来の分身であるといっている。これらの記述より、真言宗においていかに宝珠の存在が大きかったかということがわかる。

このことを「珠」の清音化という現象に当てはめるならば、聖なる存在を表現する言葉ゆえ、あえて濁音を避けているのではないかと想像される。その考えを補強すべく、逆の場合を考えてみよう。つまり、清音であるべきところが濁音化する場合である。

例えば、明恵▲が法然▲の『選択本願念仏集』を批判した『摧邪輪』は、普通に読めば「さいじゃりん」だが、今日では一般的に「ざいじゃりん」と読まれている。「砕く」という意味を表す「摧」は、「摧圧」「摧滅」等、頭に位置する熟語ではほぼ必ず「さい」と読まれ、「玉摧」「破摧」等、他の文字に連接しても連濁しにくい。にもかかわらず、これを強引に「ざい」と読むことには特別な意図が感じ

明恵　一一七三―一二三二年。鎌倉時代初期の僧。密教や華厳を学ぶ。建永元年（一二〇六）、高山寺を再興して華厳宗を唱え、南都仏教の復興を図るとともに、法然の専修念仏を厳しく批判した。

法然　一一三三―一二一二年。平安時代末～鎌倉時代初期の僧。専修念仏の教えを確立し、浄土宗を開いた。

覚如　一二七〇―一三五一年。鎌倉時代後期の僧。本願寺第三世。
親鸞　一一七三―一二六二年。鎌倉時代初期の僧。浄土真宗の開祖。

られる。似た例として、浄土真宗の覚如（かくによ）▲が、親鸞（しんらん）▲の教えと異なる主張をする門弟を批判するために著した『改邪鈔』も、「かいじゃしょう」と読まれることもあるが、多くは「がいじゃしょう」と読まれる。こちらも、「改正」「改組」「更改（こうかい）」「悛改（しゅんかい）」等、熟語の前後どちらに位置しても濁りにくい「改」が濁っているので、やはり意図的な濁音化であろう。

　両者に共通するのは、「邪」なるもの、即ち信仰的に受け入れられないものを正そうという強い意志である。「摧破」を「ざいは」と読む例もあるが、打ち砕く対象が信仰に反するという文脈で用いられ、これも類例といえよう。もちろん、これら少数の事例だけでは確実なことはいえず、「破邪顕正（はじゃけんしょう）」という濁らない事例もあるので、「邪」に対するスタンスだけで統一的に説明することはできない。例えば、批判された側が批判者を貶（おとし）めるために奇妙な読み方をした等の可能性もあるだろう。真相は不明であるが、いずれにしても、清音で読むべきものを濁音化するということには特別な意図があると思われる。

　翻（ひるがえ）って、濁音で読むべきものの清音化という現象も、やはり特別である。「ほうしゅ」という読みには、『遺告二十五箇条』で確認した真言宗における宝珠への特別な思想が表れていると思われる。宝珠は大日の説いた密教そのものであり、また、釈迦の分身でもある。至高の存在ゆえの特別視、即ち神聖視。「珠」の清音化も、そうした宝珠認識の表れではないだろうか。

如意宝珠と仏舎利

ところで、宝珠が釈迦の分身であるとはどういうことなのだろうか。これは、宝珠が釈迦の遺骨である「仏舎利」と同体であるという考え方に由来する。

キリスト教には、キリストやマリア、あるいは聖人の遺骨や遺品等を崇拝する聖遺物信仰▲があるが、仏教でも釈迦の遺骨が仏舎利として崇拝対象とされ、日本では『日本書紀』推古天皇元年（五九三）条に見える次の記事が初例とされる。

> 元年の春正月の壬寅の朔にして丙辰に、仏舎利を以ちて、法興寺の刹柱の礎の中に置く。丁巳に、刹柱を建つ。

前年十二月に即位した推古天皇は、翌一月、法興寺（飛鳥寺）の心礎に仏舎利を納めたという。法興寺の完成は推古天皇四年（五九六）になるが、着工に際して仏舎利を埋納したのは地鎮の意味あいであろう。

さて、この仏舎利を宝珠と同一のものとする認識は、仏教が日本に伝来する以前からあった。例えば、四〜五世紀に漢訳された『大智度論』の巻第五十九に、

聖遺物信仰　青山吉信『聖遺物の世界――中世ヨーロッパの心象風景』（山川出版社、一九九九年）、秋山聰『聖遺物崇敬の心性史――西洋中世の聖性と造形』（講談社選書メチエ、二〇〇九年）等が参考となる。

「諸々の過去久遠の仏舎利、法既に滅尽して、舎利変じてこの珠となり、以て衆生を益す」と記され、また、五世紀漢訳の『悲華経』巻第七には、「我の舎利、変じて意相琉璃宝珠となる」と見えるように、仏典にまで遡ることのできる思想である。

『遺告二十五箇条』第二十四条の記述も、基本的にはこの考え方に拠っているものと思われるが、第二十四条ではさらに、仏舎利と砂金、各種の香木等の材料から宝珠を作製することができると記している。その方法は、

> 成生の玉と曰ふは、これ能作性の玉なり。須く九種の物を以てこれを為るべし。その九種とは、一には仏舎利三十二粒、二には未だ他色に用ゐざる沙金五十両、三には紫檀十両、四には白檀十両、五には百心樹の沈十両、六には桑木の沈十両、七には桃木の沈十両、八には大唐の香木の沈十両、九には漢桃の木の沈十両なり。これらの中に沙金五十両、白銀五十両、これを以て合はせて壺を為り、彼の三十二粒の舎利を安置して、即便ち永く壺の口を閉ぢて、誦じ封じて堅く結せよ。[……]かくの如くして乍ち妨げなき物、未用他色の真漆を以てこれを丸にして等分に合成し、彼の仏舎利の壺を入れ奉り、方円合丸して高下等分にせよ。

宝珠の形をした舎利容器の作例……内藤榮「密観宝珠形舎利容器について」(『舎利荘厳美術の研究』、青史出版、二〇一〇年)。

請来　外国から仏像、経典などを請い受けて持って来ること。将来とも。

図２　宝珠形の舎利容器。いずれも火炎をまとった火炎宝珠として造形されている

と、仏舎利を内包した「能作性」宝珠＝仏舎利その他を封入した壺（舎利容器）＝人工宝珠として記されるが、実際に宝珠の形をした舎利容器の作例（図２）も多数あり、密教の修行法にも用いられている。▲宝珠が想像の世界にとどまらず、目に見える実体のあるものとしてイメージできるであろう。

また、第二十四条の末尾には、注記的に以下の文が付されている。

> また東寺の大経蔵の仏舎利は、大阿闍梨、須く伝法印契密語を守り惜しむが如くすべし。一粒も他に散ぜしむることなかれ。これ即ち如意宝珠なり。これ即ち道を護るなり。何を以てこれを言ふ。彼の能作の玉の心本なるが故なり。

空海が唐より請来▲した典籍等を記録した『御請来目

録』（八〇六年）に、「阿闍梨付属物　仏舎利八十粒」と記されており、恵果阿闍梨より付属されたもののなかに仏舎利も含まれていたことがわかるが、これが後に東寺大経蔵に収められた。この仏舎利も宝珠と同体であり、真言宗を護る存在だというのだ。

空海の遺言と東寺

では、この東寺と宝珠・仏舎利との関係とはいかなるものだろうか。まず、空海と東寺との関わりから見てゆこう。

唐で密教を学んだ空海は、帰国後、嵯峨天皇の信任を得た。弘仁七年（八一六）、空海は密教修行の道場を開くため、天皇より高野山（現在の和歌山県伊都郡高野町）を下賜され金剛峯寺を建立。また、弘仁十四年（八二三）には東寺（教王護国寺とも。現在の京都府京都市南区）も賜り、ここを密教布教の拠点とする。以降、金剛峯寺と東寺は真言宗の二大拠点となる。深山と都とで、それぞれの役割を果たしていたかに見えた両寺院だが、空海が没すると対立が生じた。

そのきっかけは、承和二年（八三五）、真言宗に三人の年分度者の勅許が下ったことである。これにより、試験と得度が高野山でおこなわれることとなったのであるが、仁寿三年（八五三）には東寺の真済の奏請により度者は六人に増員さ

恵果　七四六―八〇五年。中国唐代の僧。青龍寺で空海に密教を伝授した。

阿闍梨　阿闍梨耶の略で、闍梨ともいう。密教で秘法に通じ、伝法灌頂（秘法を伝授する儀式）を受けた者をいう。

付属　付嘱とも。師が弟子に奥義を伝授して、それを後世に伝えるよう託すこと。

嵯峨天皇　七八六―八四二年。第五十二代天皇。在位期間は八〇九―八二三年。

対立が生じた　以下の高野山と東寺をめぐる争いについては、辻善之助『日本仏教史 第一巻 上世篇』（岩波書店、一九四四年）等を参照。

年分度者　出家得度者の定員。

れ、東寺にて試験を課し、得度は三人ずつ高野山と神護寺とでおこなわれるよう改められた。これに対し、元慶六年（八八二）には高野山の真然が、課試・得度ともに高野山でおこなうべきことを奏請する。さらに延喜七年（九〇七）、太政官符によって旧来の六人の度者を本寺へ返し、新たに四人を加えて東寺の度者とすべきこととなったという。

それだけではない。両寺院間には三十帖冊子をめぐる争いもあった。これは空海から実恵―真済―真雅と伝えられ、東寺に納められたのであるが、貞観十八年（八七六）に真然がこれを高野山に納めた。その後、いったんは返却したものの、元慶五年（八八一）に再び持ち去ってしまった。延喜十五年（九一五）、東寺の観賢は宇多法皇の院宣を奉じて高野山に三十帖冊子の返却を求め、ようやく帰属問題に終止符が打たれた。また、東寺長者が金剛峯寺の検校を兼ねることにもなり、ここに東寺による真言密教支配の体制が確立したのである。

このような状況下、東寺ではその体制をより強固なものとするため、空海が遺した二十五の遺言という体裁をとる『遺告二十五箇条』が作成された。十世紀のことである。以下に、各箇条を掲げよう。

第一条　初めに成立の由を示す縁起

太政官符　律令制の最高官庁である太政官から、八省・諸国に下した公文書。

三十帖冊子　三十帖策子とも。空海が入唐中に青龍寺の恵果より伝えられた密教関係の経典等を書写した三十帖より成る冊子。現在は仁和寺に所蔵される。

観賢　八五四―九二五年。平安時代前期から中期の僧。東寺長者。醍醐寺座主。金剛峯寺座主。

宇多法皇　八六七―九三一年。第五十九代天皇。在位期間は八八七―八九七年。退位後、上皇、法皇となる。

検校　僧の職名。事務を監督する。

第二条　実恵大徳を以て吾が滅度の後に諸々の弟子の依師長者となすべき縁起

第三条　弘福寺を以て真雅法師に属すべき縁起

第四条　珍皇寺を以て後生の弟子門徒の中に修治すべき縁起

第五条　東寺を教王護国之寺と号すべき縁起

第六条　東寺灌頂院は宗徒の長者、大阿闍梨検校を加ふべき縁起

第七条　食堂の仏前に大阿闍梨、并びに二十四の僧の童子等を召し侍はしめて、五悔を習誦せしむべき縁起

第八条　吾が後生の弟子門徒等、大安寺を以て本寺となすべき縁起

第九条　真言の場に宿住して、師師の門徒とならんと欲はん者は、必ず先づ須く情操を以て本となすべき縁起

第十条　東寺に長者を立つべき縁起

第十一条　諸々の弟子等、并びに後生末世の弟子とならん者、東寺長者を敬ふべき縁起

第十二条　末代の弟子等に三論・法相を兼学せしむべき縁起

第十三条　東寺に供僧二十四口を定むる縁起

第十四条　二十四口の定額僧を以て、宮中の正月後七日の御願の修法の修僧

に請用すべき縁起

第十五条　宮中の御願、正月修法の修僧等、各々所得の上分を分ちて高野寺の修理雑用に充つべき縁起

第十六条　宗家の年分を試度すべき縁起

第十七条　後生の末世の弟子、祖師の恩を報進すべき縁起

第十八条　東寺の僧房に女人を入るべからざる縁起

第十九条　僧房の内に酒を飲むべからざる縁起

第二十条　神護寺をして宗家の門徒長者大阿闍梨に口入せしむべき縁起

第二十一条　輙く伝法灌頂阿闍梨の職位幷びに両部の大法を授くべからざる縁起

第二十二条　金剛峯寺を東寺に加へて宗家の大阿闍梨眷務すべき縁起

第二十三条　宀一山土心水師が建立する道場に、朔毎に避蛇の法三箇日夜を修すべき縁起

第二十四条　東寺座主大阿闍梨耶、如意宝珠を護持すべき縁起

第二十五条　もし末世凶婆非禰等ありて密華薗を破せんと擬せば、まさに修法すべき縁起

第二十一条と第二十二条は…… 活字化されたものでは、『大正新修大蔵経』、『弘法大師全集』、『弘法大師伝全集』、『弘法大師空海全集』がこの順、『定本弘法大師全集』がこの逆である。国文研マイクロで確認できる写本では、『定本弘法大師全集』と同じ順のものも多く、どちらが本来の順序であるかは不明だが、先行研究の多くが活字本に拠っているので、便宜的に本書でも『大正新修大蔵経』等の順に従う。

なお、第二十一条と第二十二条は、写本によって順序が入れ替わるが▲、本書では右の順に従う。

一見して明らかな如く、東寺に関わる条目が目立つ。また、序文にも「諸弟子等に遺告す。東寺真言宗家の後世内外の事を勤め護るべき管(くわん)、合して弐拾伍条の状」と示されるとおり、真言宗徒の守るべきことの枢要が東寺側の視点で列挙されている。例えば第一条では、弘仁十四年（八二三）に空海が嵯峨天皇より東寺を賜り、そこを真言密教の道場とした経緯と、それゆえ他宗の者は受け入れてはいけないと述べ、また第十条には、東寺に「長者」という名の最高責任者を置き、座主(ざす)（一座の長）とすべきことが記される。この東寺長者は、第十一条で、宗徒らに敬われるべき存在であると力説されている。宗祖空海に仮託されたこれらの言葉が、東寺を中心とする真言宗の現在を規定し、東寺中心主義を強力にバックアップしているといえよう。

また、第一条の条題には、

> 末資と雖(いへど)も、東寺一の阿闍梨にあらざるより以降は、この遺告を写持せしむることなかれ。守り惜しむこと眼肝の如くせよ。

と注記され、空海の末の弟子、即ち真言宗徒であっても、東寺長者以外が本書を書写・所持することを禁じている。実際には、この注記も含めて『遺告二十五箇条』は大量に書写され、多くの真言寺院に伝来するのであるが、それは本書を作成した東寺関係者の思惑を越えて、空海の言葉が真言宗全体で尊崇されたことの証しであろう。

如意宝珠の在所

ところで、座主である東寺長者は、第二十四条によると如意宝珠を護持しているという。第二十四条は、条題に小字で、

> この条章は専ら文書に案じて散ぜしむべからず。この法を護り守ること、あたかも伝法の印契密語の如くせよ。

と、内容を文字に記して流出させてはならぬという注記が付されていることからも、非常に重要な条であることがうかがえる。こうした注記は、第二十一条および第二十三条から第二十五条までの計四条に付されている（図3）のだが、大江匡房▲が『本朝神仙伝』▲で「遺告二十二章」と記していることから、匡房がその存

大江匡房　一〇四一―一一一一年。平安時代後期の文人官僚。

『本朝神仙伝』　中国の『列仙伝』や『神仙伝』にならい、日本で神仙（仙人）となった人々の伝記を集成した書。空海ほか、仏教者も多く収録されている。

建立密教之言朝夕寅如可讃法之[illegible]曰[illegible]師相之期
篤在所岫加以寺院付属永代敢無内外情然而後代
必有争[illegible]吾資未羽等随状進退而已得一知万云云

此廿一ケ条或本有廿二ケ条前後如何

一 金剛峯寺如東寺宗家大阿闍梨應眷務縁起第廿一
右件寺者是少僧私所建立也然而進官為御願延者
也宜知是心吾弟子等中先成立長者東寺座主大
阿闍梨耶一向應管攝莫遺告誤得一知萬云云

一 輙不可授傳法灌頂阿闍梨職位并両部大法縁
起第廿二 是秘密條事者不可書散守惜
右廿二条猶密況左三条不可令容散之
夫以密教是大日如来心所金剛薩埵脳髄者也而輙
授非器之者從密教主御身有出血之罪是以昔大日
尊勅金剛薩埵曰不可授非器之者若授非器之者密
教不久從法身出血罪自然可生者又金剛薩埵宣。
龍猛菩薩伏以大日如来為一切衆生説密教也無非蒙
万生利益但此法者是如如意寶珠喩如意寶珠在
名号聞不顯實身然而出生万寶利益一切衆生在
龍宮秘藏居龍王所輙不顯身雖居秘藏并龍所此
王不被攝龍王衆是法久復如此所以者何雖在密法
阿闍梨之心所并經藏不被任阿闍梨之心府雖有
名号聞不顯實身唯以威光利益一切衆生密教冣貴
冣尊道理唯是然也是故阿闍梨耶我能欲知道任

言令出離世俗語量彼操意令出家入道得度受具
足戒満生年五十以後授傳法灌頂阿闍梨耶職位可
令継密教種性哀哉歎哉此道欲不傳者應断法種
傳授之時宛如令持若赤子兩舌釵宜知是心應授阿
闍梨職位不忍非器之人甘語言諂授是位彼此會坐
相更披露密教所印言教非最滅法之相自然将至是
罪最可得傳法阿闍梨也十佛大日御前百千劫懺悔
都不滅除是以入室有勞弟子於非器之者更不可
授是位者云云是章句在梵本從經文并儀軌之外取離
出所密納也吾三衣箱底納置亦在精進峯
入室弟子沙門土心水師所云云
右廿三条猶密況左三条不可令書散也 小野本以朱注之イ本

一 宀一山土心水師建立道場毎朔可修避蛇
法三箇日夜縁起第廿三 此條不可令[illegible]内文書散猶如守護己眼肝云云
夫以避蛇法呂者是非凡所傳金人秘要阿闍梨
心所口决也 具在別意 東寺代々大阿闍梨像想彼修
法作毎後夜念誦畢為護身而已籠道所於
精進峯[illegible]本尊海會安彼岫也是秘密呂不
語者不知念煩手廻也不可令専猥聞得一知万
云云

一 東寺座主大阿闍梨耶可護持如意寶珠
縁起第廿四 此條事専不可令[illegible]文書散護守此法宛如傳法印契密語云云イ本

闍梨耶若自門弟子若同門之内相弟子并諸
門徒衆等之中堪能者看定以怨心平等觀行可
令預護若蘭付法弟子等中者渉歳ミ不留大
阿闍梨耶手移門ミ以被披露不信者遂可為
淡道自然隠没曰茲密教将滅然則猶為東寺
座主長者之人必應付屬彼擬付屬之日三箇日
洗浴觀念両部諸尊亦觀驚普天之下率土之
上賓宮衆發起四無量觀付屬而已雖慈父毋勿令
知之如此秘密即是護三密教肝性也但大唐大
師阿闍梨耶所被付屬能作性如意寳珠戴頂
渡大日本國勞籠名山勝地既畢彼勝地者所謂
精進峯土心水師修行之岫東嶺而已努力努力
勿令知後人彼處是以密教刧榮末徒博延
復東寺大經藏佛舎利大阿闍梨須如守惜傳法印
肾寄語勿令一粒他散是即如意寳珠是即護道以
何言之彼能作性玉心本之故
一若有末世凶婆非祢等擬破密花薗應修法
緣起第廿五 是秘密衛章者不可令書散守惜之
夫以昔南天竺國有一凶婆ミ非祢等破是密
華薗爾時花薗門徒之中有一強信者修與砂
子平法已七箇日夜彌亦次ミ修負度者彼凶
婆等自退為密花薗安寧也是以末世阿闍梨耶

図3 『遺告二十五箇条』第22〜25条条題に付された注記。この写本では第21条「輒く伝法灌頂阿闍梨の職位幷びに両部の大法を授くべからざる縁起」が第22条に位置している。

在を知り得なかった第二十三・二十四・二十五の末尾三条は、他見を禁じられていたと見る向きもある。▲であるとすれば、第二十一・二十四条が宝珠の重要性を説き、第二十三・二十五条が宝珠に由来する秘法について記していること▲と併せ見るに、宝珠をめぐる秘説が、師から弟子へと相伝される門外不出の奥義のようなものであったことがうかがえよう。

では、実際に第二十四条を見てみよう。ここには、宝珠の秘密を解き明かすヒントが記されている。宝珠とは自然道理の如来の分身であり、空海の口伝によって生成するものであるとされ、作製や供養の方法が説明される。また、それに続けて、

ただし大唐の大師阿闍梨耶の付属せらるる所の能作性の如意宝珠は、載頂して大日本国に渡り、名山の勝地に労り籠むること既に畢んぬ。彼の勝地とは所謂精進峰土心水師が修行の岫の東の峰なり。努力努力後人に彼の処を知らしむることなかれ。これを以て密教は劫かに栄え、

末徒博延せん。

と、空海が唐より伝えた宝珠についての情報も付け加えられている。恵果阿闍梨より授かった宝珠を、帰国後、室生山（現在の奈良県宇陀市室生）の精進峰に埋めたというのだ。

——如意宝珠は室生山にある。

このことは、真言密教の世界において秘説とされ、「土心水師」（「堅」の下の「土」＋「恵」の下の「心」＋「法」のさんずい＋師＝堅恵法師）が修行した「宀一山」（「室」のうかんむり＋「生」の下一画＋山＝室生山）に埋納される宝珠は、こうした暗号のような略字表記をともない、観念的で象徴的な存在として、後世、種々の言説を紡ぎ出してゆくことになる。

第二十三・二十四・二十五の末尾三条…… 門屋温「「宀一山土心水師」をめぐって」（『説話文学研究』三二号、一九九七年）。

第二十三・二十五条が宝珠に由来する秘法…… 藤巻和宏「宀一山と如意宝珠法をめぐる東密系口伝の展開——三宝院流三尊合行法を中心として」（『むろまち』五号、二〇〇一年）。

二▼室生山の如意宝珠

さて、本章ではなぜ室生山に宝珠が埋納されたのか、という問題から検討してゆく。

宀一山縁起の如意宝珠

この室生山に所在する室生寺は、元来は法相宗興福寺別院として創建された寺院であった。そこに真言宗と天台宗の両勢力が流入し三宗兼学となったが、この室生寺、および、同じく室生山に所在する仏隆寺の両寺院を、興福寺から奪取しようという動きが東寺サイドで起こった。その際、室生寺の住僧である天台僧堅恵は空海の弟子であるとの主張がなされ、それを媒介として室生寺の縁起が強引に真言密教と結び付けられ、その成果が『遺告二十五箇条』に結実したという▲。

室生山に宝珠が埋納されるということは、室生寺・仏隆寺を必要とした東寺の要請により創られた〝設定〟であるとしても、それが空海の〝言葉〟として『遺告二十五箇条』に記されたことにより、非常に大きな影響力を有することとなる。

その影響は諸方面に及び、特に宝珠の在所とされた室生山については、宝珠の

この室生山に所在する室生寺は……
西田長男「室生竜穴神社および室生寺の草創——東寺観智院本『宀一山年分度者奏状』の紹介によせて」(『日本神道史研究　第四巻　中世編(上)』、講談社、一九七八年)。

宀一山記
南閻浮提大日本國大和州宇田郡有一勝地彼處
名爲宀一山又云精進峯彼山者天下無雙之靈地
日本第一秘處也此則先聖入定禪窟也山有五部
峯五智圓滿表示也實秘密相也南有三股峯是三部主
殿總持語密也中河有七淵無所不至之體清淨身
密也今此山河五部秘藏三密淵源也山有七重高
顯表　七寶後有震多座峯寶珠彼峯被埋之變
有護摩崛土字之智火中現火生三昧忿怒形河有
七淵乙字之智水洗除衆生罪垢彼兩境之間鍾銅

図4　『宀一山記』冒頭

存在を中核として、その聖地たる由来を説く『宀一山記』『宀一山 山階寺寛継法橋』『宀一山秘密記』といった書物が十三世紀頃に続々と生み出されることとなる。それらは宝珠の存在によって室生寺の起源を語り、真言寺院としての室生寺の現在を規定する性質を持つ書物であることから、書名に「縁起」という語はないが、「宀一山縁起類」と称して差し支えない。実際、後世の『室生山縁起』▲にはこれら三書と重なる記述が多く含まれており、影響下に成立したものと思われる。

まずは、これらの書物の概要について述べる。

『室生山縁起』　延享四年（一七四七）の写本が室生寺に伝わるが、成立年代は未詳。原本未見、東京大学史料編纂所の謄写本にて確認。

鎌倉時代まで……　是沢恭三「宀一山記」（『群書解題　第十八巻下』、続群書類従完成会、一九六五年）は鎌倉時代末期、林幹弥「宀一秘記」（『大日本仏教全書』解題三、鈴木学術財団、一九七三年）は鎌倉時代、逵日出典「中世室生山の思想的発展――室生流神道に触れながら」（『室生寺史の研究』、巌南堂書店、一九七九年）は鎌倉時代初期とする。

続群書類従　江戸時代の国学者である塙保己一（一七四六―一八二一）が編纂した、古代から江戸時代初期までの書物計千二百七十六種・六百六十五冊を収録した叢書を『群書類従』と呼び、寛政五年（一七九三）から文政二年（一八一九）に木版で刊行された。この続編が『続群書類従』であり、保己一の生前には完成せず、没後に事業が引き継がれた。

明治十六年（一八八三）に宮内省に納めた時点で約八百五十巻あったが、当初案では一千巻を期していたという。写本は、宮内庁書陵部・内閣文庫・国立国会図書館等にあるが、いずれも目録どおりに完備したものではなく、活字本を刊行した続群書類従完成会が欠巻を補充しつつその事業を継続し、昭和四十七年（一九七二）に完結した。

大日本仏教全書　日本撰述の仏教書を中心とした（中国撰述などを若干含む）叢書。百五十冊、別巻十巻、目録一冊。明治四十五年（一九一二）から大正十一年（一九二二）にかけ、仏書刊行会により編纂・刊行。

『大和志料』　斎藤美澄による地誌。上下二巻。上巻は大正三年（一九一四）、下巻は同四年、奈良県教育会より刊行された。昭和十六年（一九四一）、大和志料改訂委員会が設立され、同十九年から二十一年にかけて『改訂大和志料』上中下三巻が刊行された。

『宀一山記』は、正平八年（一三五三）に融円なる僧が書写した旨の奥書を有するが、書物自体の成立は鎌倉時代まで遡ると考えられている。続群書類従と大日本仏教全書に活字化されているが、前者は「宀一山記　一名〔宀一秘記〕甲」と表題に別名を注記し、後者は「宀一秘記　甲」を表題として収録する。宮内庁書陵部に所蔵される続群書類従の写本（図4）は、表題にこの注記は付されていないので、活字化の際、大日本仏教全書を参照して追記されたものであろう。逵日出典は、「宀一秘記　甲」に対する「乙」に当たるものとして、『大和志料』下巻に断片的に引用されている『宀一秘記』がそれであると推測している。しかし、そこから『大和志料』に引用される記述はすべて近世の『室生山縁起』に含まれており、『大和志料』に引用されたと考えるほうが合理的である。『宀一秘記』という名で引用されている理由は不明だが、例えば『室生山縁起』の写本のなかに、『宀一秘記』という題を付されたものがあったという可能性もありえよう。同じ書物が写本によって異なる題を付されることは珍しいことではない。『大和志料』が底本とした本が不明であるため断定はできないが、少なくとも、『室生山縁起』と異なる書物の存在を積極的に想定する必要はないだろう。逵は、この『宀一秘記』を『宀一山記』とほぼ近い時期の成立と考えているが、近世の『室生山縁起』と完全に一致する記述のみから、これを鎌倉時代の書物と見ることには無理がある。『宀一秘記』の存在自体が疑われることと併せ、この説を受け入れることはできず、本書では逵の想定する『宀一秘記』を考察対象としない。

『宀一山 山階寺寛継法橋』は、称名寺聖教に含まれる書物である。表題に小字で記される山階寺（興福寺）の寛継法橋とは、同時代に額安寺別当を務めた同名の寛継が『額安寺文書』等に確認でき、僧位も法橋であることから、同一人物であると思われる。ただし、寛継が室生山の宝珠をめぐる秘説になぜ名が見えるのかについては未詳。末尾に、建長六年（一二五四）、文永二年（一二六五）、弘安八年（一二八五）に書写された経緯が記されている。なお、称名寺聖教には『寛継宀一山記裏書』という書物もあり、やはり宝珠に関わる内容である。

『宀一山秘密記』は仁海に仮託されるが、本書で説かれる宝珠の解釈や御流（室生流）神道の思想よりして、仁海の時代まで遡るとは考えられない。彦根城博物館琴堂文庫蔵本には建長二年（一二五〇）に書写した旨の奥書が見え（図5）、成立はこれ以前、即ちこの年が成立年代の下限ということになるが、『宀一山 山階寺寛継法橋』が最初に書写された時期と近い。また、建長六年に平等寺で記された西田長男旧蔵『宀一山秘事 白者秘事平等寺草』が『宀一山記』を再構成した内容であるとのことだが、となれば『宀一山記』も建長六年が成立の下限ということになる。おそらく、建長年間からさほど遡らない時期に成立したと見て大過

逵日出典は……　逵日出典「中世室生山の思想的発展——室生流神道に触れながら」（『室生寺史の研究』、巌南堂書店、一九七九年）。

底本　「ていほん」あるいは「そこほん」。ここでは、活字化する際に基とした本のこと。校訂や翻訳する際に拠りどころとした本についてもいう。

称名寺聖教　神奈川県立金沢文庫に保管される、平安〜明治時代の仏教系の典籍類。国宝。

法橋　法橋上人位。僧を管理する僧官を僧綱といい、法印・法眼・法橋という僧位がある。

別当　大寺院に置かれた長官で、寺務を統轄した。

仁海　九五一―一〇四六年。平安中期の僧。随心院（小野曼荼羅寺）開山。小野僧正とも。

王龍衆日夜番護此山示天照太神并
日本國中大小神祇九万七千七百余神
面々守寳珠治名山守國家治國六大
高祖現居此山住寳鉢三昧誠三國
雙靈地甚密道勿言
建長二年庚戌八月廿二日次憲深僧正
御自筆本書寫之
東大寺真言院　沙門聖守
永仁二甲午三月十八日書寫之

室生山住持金剛資比丘空智
右者戒壇院本之奥書也空智菩薩
之御本虫蝕文字不見故三輪山秀遍
比丘御本中出見合令一巻成就畢
彼方之本之奥ニ書曰
正應三庚亥五月十八日次小野僧正御
房御自筆本書寫之
嘉暦元丙寅年正月廿一日書寫　嚴智
延寶三年閏四月廿日於三輪山觀音院

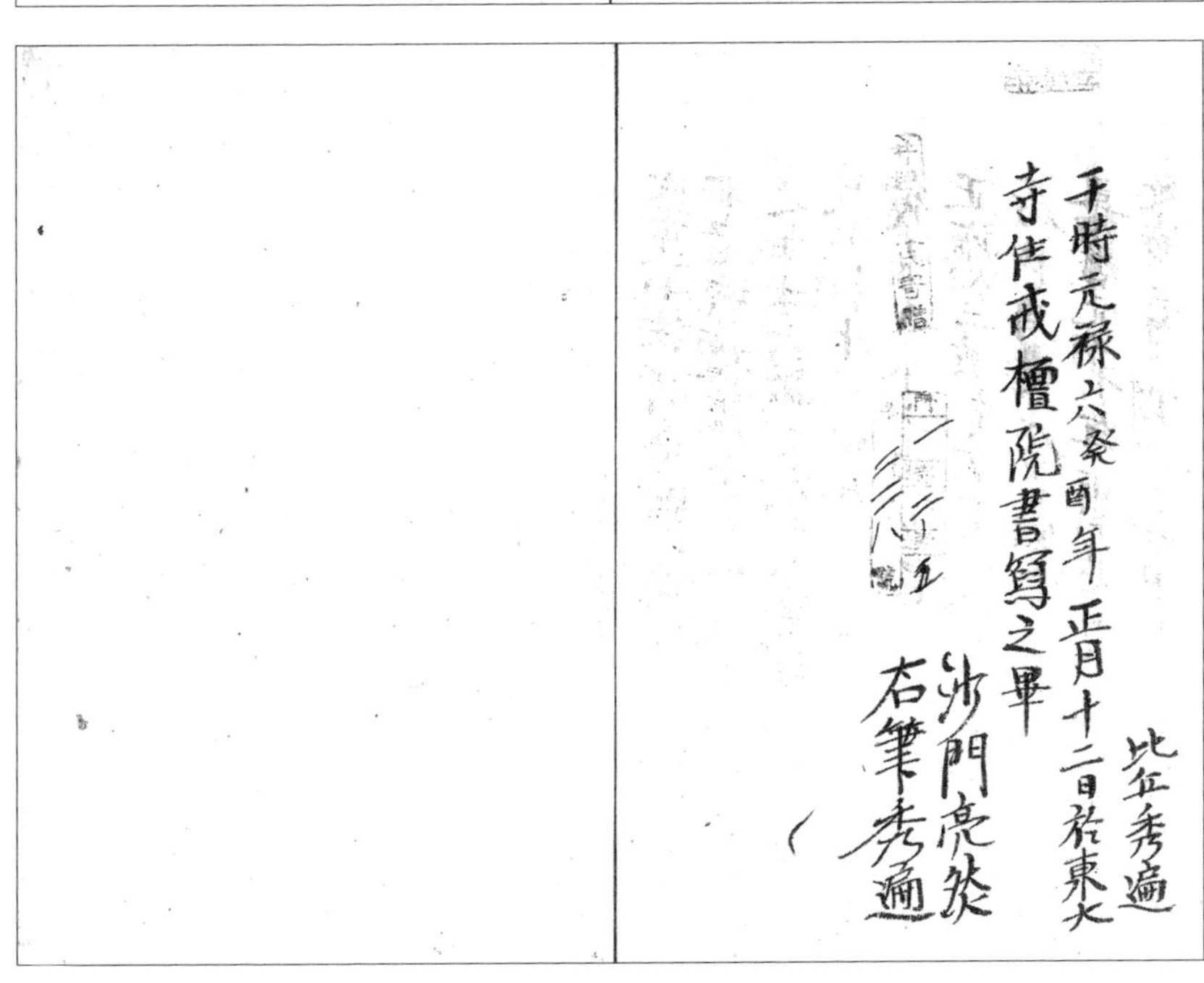
于時元禄六癸酉年正月十二日於東大
寺住戒壇院書寫之畢　比丘秀遍
沙門亮然
右筆秀遍

図5　彦根城博物館琴堂文庫蔵『宀一山秘密記』奥書

ないものと思われ、その内容と併せ、非常に密接な関係にあると推測される。▲
　では、これら三書が記す宝珠をめぐる秘説を見てゆこう。まずは『宀一山秘密記』から。本書は冒頭で次のように述べている。

　最極の秘伝に云はく。宀一山とはこれ閻浮第一の霊処、密教相応の勝地なり。凡そ我が朝は、大日如来の還国の霊地なるが故に、国を号して大日本国と名づく。この国の中に一の名山あり。宀一山と号す。山の中に精進峰あり。その峰嶺に一顆の宝珠あり。大精進如意宝珠と号す。この鉄塔より流伝して、三国相承せる霊宝なり。これ大日如来の心肝、諸仏菩薩の三昧耶形に通ずるなり。この宝珠、即ち大日遍照の全身、塵数三昧の惣体なるが故に、国を大日本国と名づくなり。この宝珠、跡を垂れて神道に天照大神と名づく。故に天照大神、天の石扉を宀一の巌崛に開き、諸神同等に宇多郡に出で給ふ。

　室生山は閻浮提▲第一の聖地であり、密教が栄えるに相応しい地である。我が国は大日如来が帰ってくる聖地なので、大日の本国、即ち大日本国という。この国には室生山という名山があり、その精進峰には一顆の宝珠がある。この宝珠は、インドの南天鉄塔▲から、中国を経て日本へと相承▲されたもので、大日の本質、あ

奥書　著作の末尾に、著者の名前や書写年月日、来歴等を書き入れたもの。

建長六年に平等寺で……　西田長男「室生竜穴神社および室生寺の草創――東寺観智院本『宀一山年分度者奏状』の紹介によせて」（『日本神道史研究　第四巻　中世編（上）』、講談社、一九七八年）。

建長年間からさほど遡らない時期……　藤巻和宏「如意宝珠をめぐる東密系口伝の展開と宀一山縁起類の生成――『宀一山秘密記』を中心として」（『国語国文』七一巻一号、二〇〇二年）。

閻浮提　南閻浮提、閻浮とも。仏教の世界観で、世界の中心である須弥山の南方海上にある大陸。もとはインドの地を想定したもので、のちに人間世界、現世を意味するようになった。

るいは諸々の仏菩薩の三昧耶形▲でもある。宝珠は、大日そのものである我が国に仮の姿を現し、神道では天照大神と呼ばれる。よって天照は室生山で天の岩戸を開き、ほかの神々とともに宇陀（宇多）郡に出現したという。宝珠を南天鉄塔より伝わった由緒あるものとし、かつ、これを媒介として、大日と天照とが同体関係にあるとしている。密教と神仏習合の言説によって、宝珠を、そして宝珠のある室生山を至高の聖地と位置づけるのである。

今、宝珠をこの山に安ずるが故に、宝生山と云ふ。また両部の諸尊、現にこの山に居し、八祖皆この山に住して宝珠を守るが故に室生山と云ふなり。我が朝の開闢は鶏卵の如し。これ万物の始めと云々。これ即ち今の宝珠を指す。

この宝珠を安置しているので、この山を「宝生山」▲という。また、諸仏や真言八祖▲らがこの山で宝珠を守っているため、「室生山」ともいう。我が国の始まりは鶏卵のような状態で、そこからすべてのものが生まれたというが、これこそ宝珠のことである。

また吾が朝の帝皇は必ず三種の神器を伝へて以て帝位に登る。その中に、神

南天鉄塔　南インドに所在し、『大日経』と『金剛頂経』を蔵したとされる鉄塔。龍猛菩薩はここで金剛薩埵からこの両経典を受けたとされる。

相承　師から資（弟子）へと教えを受け伝えてゆくこと。師資相承。

三昧耶形　本来、仏・菩薩等の諸尊が所持する器物や印契（手指の形や組合せ）の意であるが、それらが諸尊の本質を表すことから、器物等の姿を借りて諸尊を表現したものを三昧耶形という。

「宝生山」　なお、写本によっては「宝生山」でなく「室生山」としたり、「室」の字の脇に「宝」と注記するものもある。

真言八祖　大日如来・金剛薩埵・龍猛・龍智・金剛智・不空・恵果・空海の付法八祖、あるいは龍猛・龍智・金剛智・不空・善無畏・一行・恵果・空海の伝持八祖のこと。

璽とはこの宝珠とこれを習ふ。帝皇この宝珠を以て万国能生の本源となすが故なり。しかのみならず、内侍所とはこれ神鏡なり。これ即ち天照大神の御神体なり。

我が国の天皇は三種の神器を受け継いで即位するが、神璽（曲玉）とは宝珠のことで、世界を生み出す源である。さらに、鏡は天照であるとするが、前記の如く、天照も宝珠が姿を変えたものである。

……等々、密教・神道・神仏習合と、ありとあらゆる側面から宝珠の〈聖なる力〉を説き、それにより室生寺を〈聖なる場〉として荘厳しているのである。真言寺院としての室生寺は、〈過去〉と〈現在〉とを繋ぐ宝珠という存在により、その正統性が保証されるという構造である。

この『宀一山秘密記』は、他の宀一山縁起類と比較するに、徹底して宝珠の聖性を強調している点が注目されるのだが、宝珠は室生山精進峰にただひとつ存在するのみであるとする。

一方、『宀一山記』では、

後ろに震多摩尼峰あり。宝珠、彼の峰埋めらるる辺りに護摩崛あり。(ラン)字の智火中に、火生三昧忿怒形(くわしやうざんまいふんぬぎやう)現る。河に七の淵あり。𑖪𑖽(バン)字の智水、衆生(しゆじやう)の罪垢(ざいく)を洗除す。彼の両境の間に、鐘・銅道具等の品々宝物、これを埋む。この山に四十九院あり。大師、慈尊院に住す。堅恵は安養院に住し、震多摩尼仏隆寺にこれを納める。

と、室生山精進峰の後方、震多摩尼峰に宝珠が埋められるとしている。「震多摩尼」とはサンスクリット語「チンターマニ(Cintā-maṇi)」の音写で、如意宝珠のことである。それが埋められている付近に「護摩崛」という名の洞窟があり、煩悩を焼き尽くす智慧(ちえ)の炎のなかに不動明王の怒りの姿が現れる。川には七つの淵があり、智慧の水が人々の罪を洗い流す。それらに挟まれる地に鐘や銅製の道具等を埋めたという。宝珠のほかにも種々の埋納物があったというのは、考古学用語で「デポ」と称される行為で、世界的に広く事例が確認できる。日本でも土器や青銅器、あるいは経筒や仏像等、さまざまな埋納事例があり、その目的も多様であったと思われるが、寺院建立の際に地鎮を目的とした鎮壇具が密教の作法によって埋納されたという事例が報告されており、▲おそらくこの記述もそれであろう。空海も堅恵も室生山に住み、堅恵はこれら宝物を仏隆寺に納めたという。「土心水師」堅恵は仏隆寺を開いた僧である。▲

寺院建立の際に…… 森郁夫「密教による地鎮・鎮壇具の埋納について」(『仏教芸術』八四号、一九七二年)。

「土心水師」堅恵は…… 前掲西田長男「室生竜穴神社および室生寺の草創——東寺観智院本『宀一山年分度者奏状』の紹介によせて」、堀池春峰「室生寺の歴史」(『南都仏教史の研究 下(諸寺篇)』、法藏館、一九八二年)等。

さらに『宀一山記』は、

> 大師初めて東寺を賜り真言の本寺となす。長者大阿闍梨、代々〔宝珠を〕相伝す。大師より醍醐寺範俊僧正に至り三十二代。大治元年丙午（へいご）の初秋、範俊、宝珠を白河院に進（まゐ）らせ畢（をは）んぬ。三十三代なり。次の長者権僧正勝覚、室の肝心、これを伝へらる。その能作性〔宝珠〕を伝へず。これ末代の長者、安置し難きの故。宝珠の埋処、悪鬼毒虫囲繞（ゐねう）すなり。大師造作の宝珠、精進峰にこれを埋められ畢んぬ。

と、第二・第三の宝珠について述べている。東寺長者の範俊（はんじゅん）▲が白河院（しらかわいん）▲に宝珠を奉り、さらにそれは次の長者である勝覚（しょうかく）▲へと伝えられた。一方、空海が作製した能作性宝珠は安置しがたいため東寺長者が伝えることはせず、精進峰に埋めたという。つまり、都合三顆の宝珠が存在しているというのだ。

今度は『宀一山（山階寺寛継法橋）』を見てみよう。冒頭で、

> 大和州宇多郡に一勝地あり。これを室生山と号す。また精進峰と名づく。弘法大師帰朝の時、鎮護国家・済度衆生の為、彼の鉄塔より以来師資相承の不

範俊　一〇三八―一一一二年。平安時代中後期の僧。随心院三世。東寺長者。

白河院　一〇五三―一一二九年。第七十二代天皇。在位期間は一〇七二―八六年。譲位後は堀河・鳥羽・崇徳天皇の三代にわたり四十三年間院政をおこなった。「院」とは上皇・法皇を指す。

勝覚　一〇五八―一一二九年。平安時代中後期の僧。三宝院権僧正ともいう。醍醐寺座主。東大寺別当。東寺長者。

三寸并びに如伊須、土心水師をしてこの地に安置せしむ。

と、南天鉄塔以来、代々相承されている「不三寸」（三寸大の不動明王像）と「如伊須」（如意宝珠）とを、精進峰に安置したとし、末尾近くでは、「青龍寺にて恵果和尚相承の宝珠は、仏隆寺の石崛に安置す」と、空海が恵果から相承した宝珠が仏隆寺の石窟に安置されていると記している。如意宝珠を「如伊須」と表記する事例は真言密教系の他書にも見えるが、本書がこれを如意宝珠のことと理解して叙述しているのであれば、その宝珠が仏隆寺に所在することを室生山精進峰にあると解釈していることになる。一方で、あえて「如伊須」という表記を用いて差別化しているとするならば、恵果相承の宝珠とは別個のものとして記していることになり、『宀一山記』と同様に、精進峰の宝珠と仏隆寺の宝珠とを切り離して理解しているのであろう。いずれにしても、宝珠を唯一の存在とする『宀一山秘密記』とは相容れない内容となっている。

このように、宝珠の数は一定しておらず、複数ある場合はそれぞれの由来についても種々の説がある。どうしてこのようなことになったのだろうか。三書の成立背景には、宝珠をめぐる種々の解釈があったはずである。

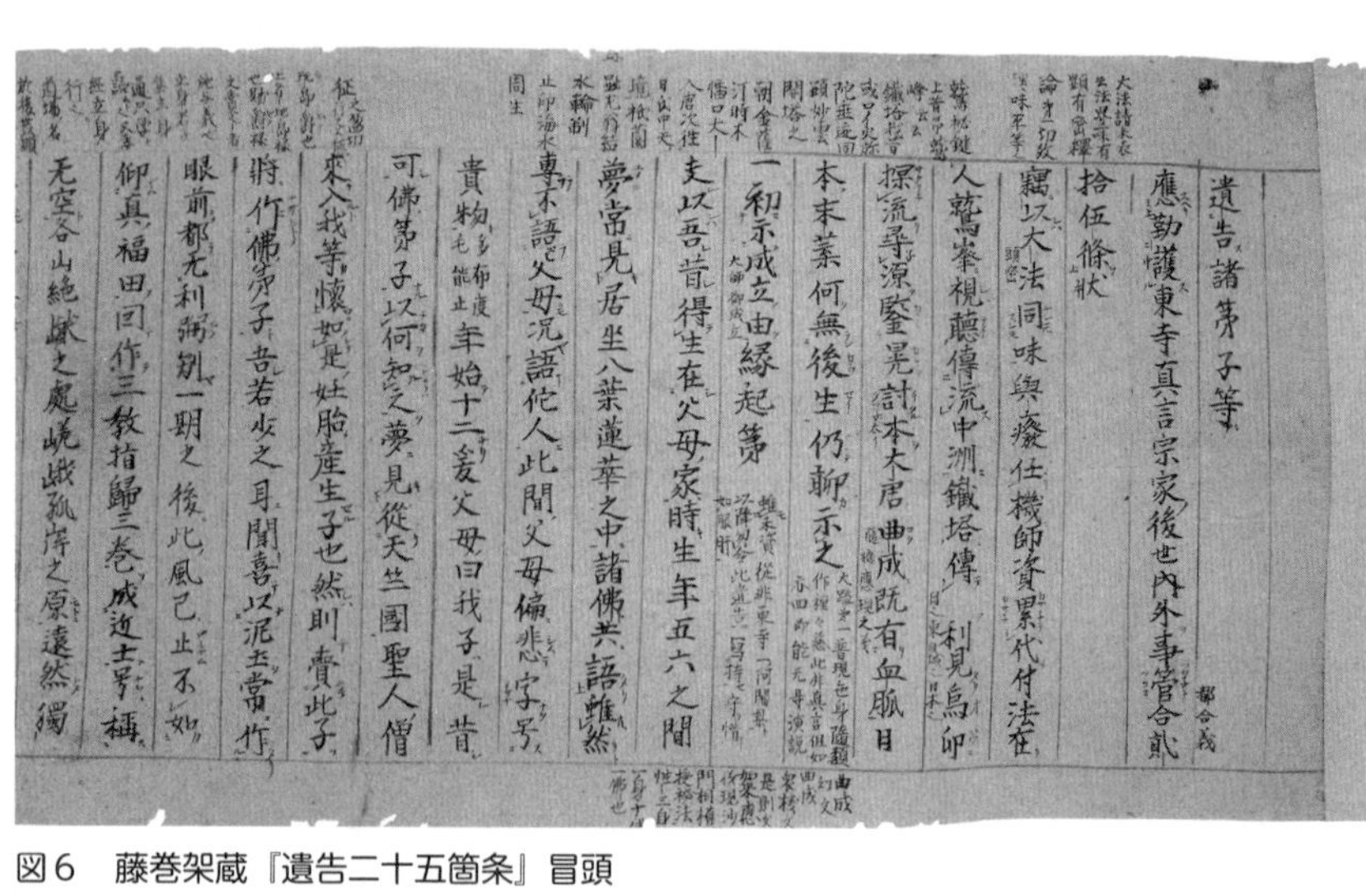
遺告諸弟子等
應勤護東寺眞言宗家後世内外事管合貳
拾伍條状
竊以大法同味與癈任機師資累代付法在
人鷲峯視聽傳流中洲鐵塔傳利見鳥卯
探流尋源鑒晃討本大居曲成既有血脈目
本末葉何無後生仍聊示之
一初示成立由縁起第
夫以吾昔得生在父母家時生年五六之間
夢常見居坐八葉蓮華之中諸佛共語雖然
專不語父母况語他人此間父母偏悲字号
貴物年始十二爰父母曰我子是昔
可佛弟子以何知之夢見從天竺國聖人僧
來入我等懐如是妊胎産生子也然則貴此子
將作佛弟子吾若少之耳聞喜以泥土常作
眼前都无利鄙鄙一期之後此風已止不如
御眞福田回作三教指歸三巻成近土号稱
无空谷山絶獄之處峣峨孤岸之原遠然獨

図6　藤巻架蔵『遺告二十五箇条』冒頭

如意宝珠の数と由来

元来『遺告二十五箇条』は、真言宗内における東寺の立場を強化するために作られたものであったが、空海の〝言葉〟と信じられ、広く受容されることになる。現在も、多くの真言宗寺院に『遺告二十五箇条』の写本が伝来しているが、そのことからも、本書の強い影響力の一端をうかがうことができよう。

一方で、その内容は非常に難解であり、種々の解釈が試みられた。それらの営為を「御遺告注釈」と呼ぶことにしよう。『遺告二十五箇条』の写本の行間や欄外に注釈を書き込むもの（図6）もあれば、独立した一書にまとめられたものもある。後者には『御遺告秘決（ごゆいごうひけつ）』『御遺告勘注抄（ごゆいごうかんちゅうしょう）』『御遺告大事（ごゆいごうだいじ）』『御遺告私記（ごゆいごうしき）』等々、多くの種類がある。それらのなかから、まず『御遺告釈疑抄（ごゆいごうしゃくぎしょう）』と名づけられたものを見てみたい（図7）。

本書は奥書（図8）に、

弘長二年の暦青陽三月の候、忝（かたじけな）く師長の命を承り、なまじいに資短の筆を馳せ、仍（よ）りて遍智院の目録を本となし、加ふるに新案の疑問を以てす。報恩院の口決を宗となして、助くるに古抄の義理を以てす。［……］三宝院末資頼瑜記す。

とあるとおり、頼瑜が弘長二年（一二六二）に遍智院成賢の目録に新たな疑問点を加え、報恩院憲深の口決（口伝）を中心に編纂したものである。なお、「三宝

頼瑜　一二二六―一三〇四年。鎌倉時代の僧。高野山大伝法院と醍醐寺の両寺に属し、文永九年（一二七二）に高野山中性院の住持となる。正応元年（一二八八）、大伝法院・密厳院を紀伊国根来寺に移し、新義真言教学の基盤を築いた。

成賢　一一六二―一二三一年。平安時代後期から鎌倉時代の僧。「せいげん」とも。宰相僧正・遍智院僧正と号す。醍醐寺座主。東寺長者。

憲深　一一九二―一二六三年。鎌倉時代前中期の僧。醍醐寺座主。報恩院流祖。

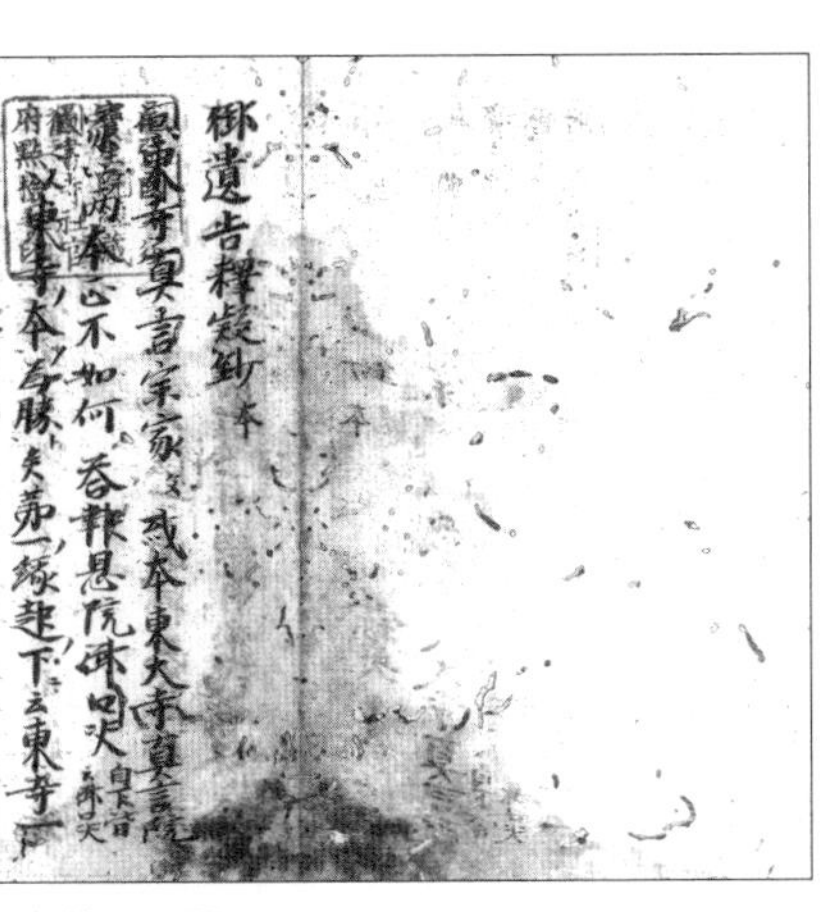

図７　『御遺告釈疑抄』冒頭

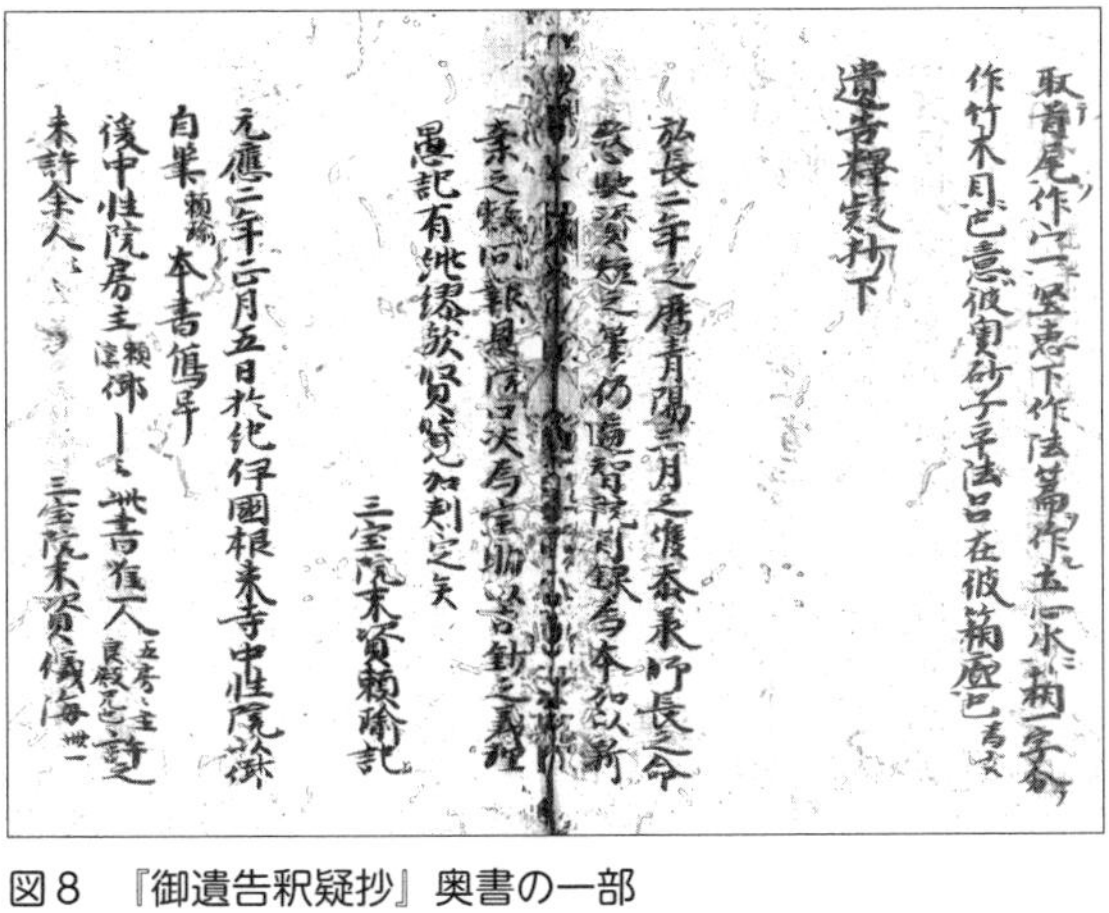

図８　『御遺告釈疑抄』奥書の一部

院末資」とあるのは、真言宗の根本法流のひとつである三宝院流に連なるという意味である。根本法流とされるのは、小野六流と広沢六流を併せた野沢十二流。小野六流はさらに醍醐三流（三宝院流・理性院流・金剛王院流）と勧修寺三流（安祥寺流・勧修寺流・随心院流）とに分かれる。なお、高野山に伝わる中院流は十二流には入っていない。これら諸流派のなかでも小野流、特に三宝院流では、宝珠をめぐる秘事口伝が多彩に展開していた。

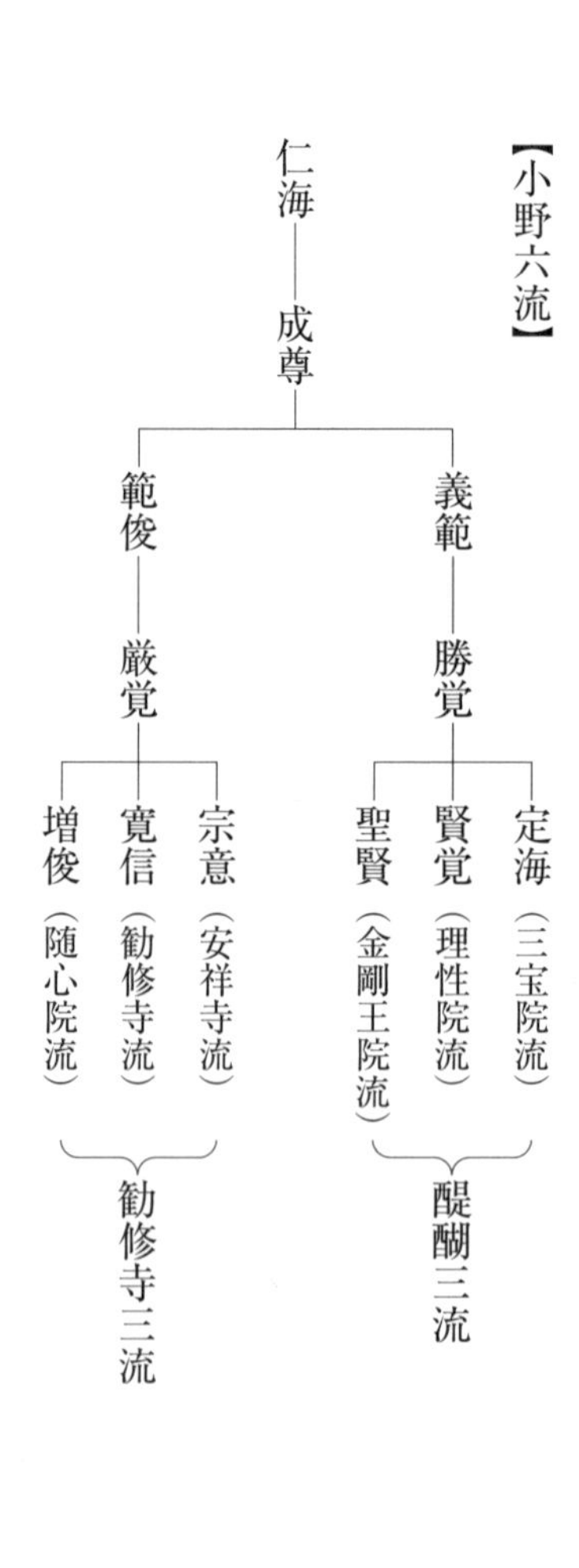

さて、頼瑜の手になる『御遺告釈疑抄』は、『遺告二十五箇条』の各条文中の語句や文に対し、問答形式で詳細な注記を施している。以下に、第二十四条の宝

珠埋納記述に付した注釈を掲げよう。

問ふ、「「ただし大唐の阿闍梨耶の付属せらるる所○名山の勝地に労り籠むること既に畢んぬ」。御遺跡に云はく、「室生山堅恵法師、竹木目の底に置在する如意宝珠は、善女龍王の手より得たり」と。相違は如何」と。

まずは問いとして、第二十四条本文を引き（○印は中略を意味する）、それに対して「御遺跡」なるものの記述を挙げ、両者間の齟齬について問い質している。「御遺跡」がなにを指しているのか未詳であるが、空海の自筆という体裁で伝わるなんらかの書物であろうと思われる。これによると、室生山の堅恵が「竹木目」の底に置いた宝珠は、善女龍王▲（図9）より得たものであるとのこと。なお、「竹木目」とは「箱」という文字を分解したものである。

これに対する回答として、

善女龍王　「善如龍王」とも。多くの龍王の名を記した『請雨経』をはじめ、経典類にその名は確認できないが、『遺告二十五箇条』第一条に、空海が神泉苑で請雨法を修したときに現れたと記す。

図9　善女龍王像

答ふ、「神仙記に云はく、「唐朝より如意宝珠を齎ち、以て我朝に来たれり。この珠の在所、竝びに恵果の後身は、彼の宗に深く秘する所なり」と。また、善女龍王如意宝珠口伝口授に云はく、「空海和尚、神泉池にて請雨経の法を修せらるる時、無熱池の善女龍王来たりて、所持の如意宝珠を空海和尚に奉り給ふ。その宝珠は大和国仏龍寺にこれあり。〔……〕」と。これ等の記、また左右なり。当に知るべし、大唐付属の玉、龍王奉る所の珠、倶さに以て室生山に納むるが故に、告と跡と各々一つを挙ぐるか。或いはまた、阿闍梨所持の如意珠、即ち海中龍王の肝頸に通じて、冥会して一体なるが故に二文違ふること無し。御手印縁起は告の文に合ふ」と。

と、「神仙記」と「善女龍王如意宝珠口伝口授」を引きつつ、両説ともに認めている。つまり、『遺告二十五箇条』に記される「恵果より空海が日本に伝えた宝珠は名山に埋められている」ということは「神仙記」によって裏付けられ、「御遺跡」に見える「堅恵が持っている宝珠は龍王より得たものである」という説は「善女龍王如意宝珠口伝口授」に記されているということである。「大唐付属の玉」と「龍王奉る所の珠」、以下は便宜的に「恵果付属」「龍王呈上」の宝珠と記

国符　律令制下で、国司が郡司に下した公文書。

すが、これらはいずれも宀一山に埋納されており、『遺告二十五箇条』と「御遺跡」とは、それぞれ一方の宝珠について述べているのであろうと推測する。またもうひとつの可能性として、恵果の所持していた宝珠は龍王の宝珠と一体であるとも述べている。

ところで、「神仙記」は大江匡房の『本朝神仙伝』であり、「善女龍王如意宝珠口伝口授」は、称名寺聖教に『善女龍王如心宀珠 幷 足爪口伝酉』と題し、ほぼ同文を載せる醍醐流の口伝を載せる一紙があることから、それに類するものと推測される。「如心宀珠」は「如意宝珠」の、「酉」は「醍醐」の略字表記である。

なお、最後に記される「御手印縁起」とは『高野山御手印縁起』あるいは『弘法大師御手印縁起』とも呼ばれ、太政官符や国符等の公文書、空海の遺告、高野山絵図等から成っている。太政官符と遺告に空海の手印（手形）が捺されていることから、このように呼ばれている。このなかの遺告は、『遺告二十五箇条』の前年に設定されているものの、実際には『遺告二十五箇条』を下敷きに作成されたと考えられ、第二十四条に記される「恵果付属の宝珠が室生山に埋められている」という内容と酷似した記述を含んでいる。

これで、宝珠は二顆存在していることになるのだが、さらに次のような問答が続く。

尋ねて云はく、「大師所造の如意珠は何処に安置するや」と。
答ふ、「実賢僧正の記に云はく、「日本国に宝珠を造る人、唯だ大師・範俊・勝憲〔賢〕の三人なり。御作の宝珠と五指量の愛染王とは、白川〔河〕院の御時、白川〔河〕円堂の壇の中心にこれを埋めらる」と云々」と。

恵果付属・龍王呈上の宝珠に加え、「大師所造」という第三の宝珠が登場するのだが、「実賢僧正の記」なる書物を引用し、宝珠を作製することのできる人物として空海・範俊（はんじゅん）・勝賢（しょうけん）▲の三人を挙げる。「実賢僧正の記」の指す書物は未詳であるが、実賢（じつげん）▲は勝賢とともに三宝院流の流れを汲み、範俊は勧修寺流の流祖である。そして空海の手になる宝珠は、五本指大の愛染明王像とともに白河（法勝寺（ほっしょうじ））の円堂に埋められているというのだ。

これまで見てきた宝珠の在所と由来をまとめると、次のようになる。

第一宝珠　室生山、恵果付属
第二宝珠　室生山、龍王呈上
第三宝珠　法勝寺、空海作製

勝賢　一一三八―九六年。平安時代後期から鎌倉時代の僧。醍醐寺座主。東大寺別当。東寺長者。

実賢　一一七六―一二四九年。平安時代末期から鎌倉時代中期の僧。醍醐寺座主。東寺長者。

「恵果付属」「龍王呈上」「空海作製」と、合計三顆の宝珠が存在し、室生山に二顆、法勝寺に一顆が埋納されるという。宝珠の在所と来歴についての諸説が錯綜し、『遺告二十五箇条』に記される記述だけでは説明しきれなくなった結果の一端が、宝珠に対する認識・言説のうえに、いわば〝増殖〟という形で表出したというべきであろうか。そしてこのことは、御遺告注釈の世界だけにとどまらず、広く語られていた。

小野流における如意宝珠

例えば、九条兼実（くじょうかねざね）▲の日記『玉葉』（ぎょくよう）では、右の説を遡ること七十年、建久三年（一一九二）の時点で、

> 四月八日〈己酉〉、宗頼を勝賢僧正の住房〈清浄光院〉に遣はし、如意宝珠を迎へ奉り、禁中に安置す。余、参会するなり。この間、子細あり。具（つぶ）さに記すに能（あた）はず。只（ただ）大概を録するなり。先（ま）づ弘法大師渡唐帰朝の時、嫡々相承の珠あり。即ち御遺告に載せられ、室生の精進峰に埋めらる。これまた大師自ら造る所の珠、法勝寺の円堂の本仏、愛染王の御身に籠め奉られ了（をは）んぬ

九条兼実　一一四九―一二〇七年。平安時代末期から鎌倉時代初期の公卿。藤原忠通（ただみち）の子。九条家の祖。右大臣、摂政、関白を歴任。

〈件の珠、大師より相伝し、範俊僧正に至り、僧正より白河院に進らす〉。今一つ宝珠あり〈その出所詳らかならず〉。同じく範俊進らす所と云々。而るに鳥羽院の御時、家成卿に預け給ひ、没後これを召し返し、勝光明院の宝蔵に安置す。

と、空海が恵果より伝えた宝珠が宀一山に埋まるほか、空海作製のものが法勝寺円堂の愛染明王像に籠められており、由来不明のものが勝光明院の宝蔵にあることを伝えている。

第一宝珠　室生山、恵果付属
第二宝珠　法勝寺、空海作製
第三宝珠　勝光明院、由来不明

この記事に続き、宝珠が勝賢のもとにあった経緯が記されている。それによると、後白河院より宝珠を預かった勝賢は、宝珠を本尊とする修法を何度もおこない、返還されないままであったが、このたび藤原宗頼を遣わし、ようやく宮中に戻ってきたということである。それが、かつて範俊から鳥羽院に進上され、一時

勝光明院の宝蔵　応徳三年（一〇八六）に白河天皇の後院（譲位後の居所に定めた御所）として造営された鳥羽離宮の北殿御所にあった御堂のひとつが勝光明院である。そこに付属する宝蔵は「鳥羽の宝蔵」とも呼ばれ、皇室の宝物が収められた。

藤原宗頼　一一五四―一二〇三年。葉室宗頼とも。平安時代末期から鎌倉時代初期の公卿。大蔵卿、参議、権大納言を歴任。九条兼実・後鳥羽上皇に仕えた。

鳥羽院　一一〇三―五六年。第七十四代天皇。在位期間は一一〇七―二三年。白河法皇の院政下に即位。法皇の死により院政を行い、崇徳・近衛・後白河天皇の三代二十八年に及んだ。

期藤原家成が所持していた勝光明院の宝珠である。

ところで、兼実は宝珠の在所と由来をめぐるこの説をどこで聞いたのであろうか。おそらく、返還の際に宗頼が勝賢から得た情報の一部がここに記されているのではないだろうか。勝賢は、『御遺告釈疑抄』が宝珠を作製することのできる人物として挙げる三人のうちの一人であり、三宝院流祖の定海(じょうかい)の血脈(けちみゃく)に連なる。つまり、三宝院流の所説ということになろう。範俊から白河院に伝えられたという点では『宀一山記』と同様であるが、こちらは勝覚には伝えられず、白河院が法勝寺円堂の愛染明王像に籠めている。また、この宝珠は空海作製のものであるというが、『宀一山記』では空海作製宝珠はこれとは別に存在し、室生山精進峰に埋納したと記されている。さらに、第三の宝珠が勝光明院の宝蔵にあるということは、『宀一山記』『御遺告釈疑抄』のいずれの所説とも相違する。

『宀一山記』と『御遺告釈疑抄』は、『玉葉』の右の記事から数十年の隔たりがある。その間に解釈が大きく変化したとも考えられるが、実は『玉葉』とほぼ同時代にも、宝珠の由来をめぐる異説が唱えられていた。小野の一支流である勧修寺流の説を見てみよう。興然(こうねん)が建久五年（一一九四）に勧修寺流の口伝を集成した『四巻(しかん)』には、「宝珠に三種あり。宀一山の宝珠、東寺の舎利、龍王の宝と謂ふ」と記される。「東寺の舎利」は、『遺告二十五箇条』第二十四条の末尾にも注

藤原家成　一一〇七―五四年。平安時代後期の公卿。鳥羽院政下で従妹の美福門院(びふくもんいん)と手を結び、「院第一の寵人(ちょうじん)」と称されるほどの権勢を振るった。

定海　一〇七四―一一四九年。平安時代後期の僧。範俊らから小野流を学び三宝院流を開く。

血脈　仏教の教理等を、師から弟子へと伝えてゆくこと。法脈。また、その系譜のこと。

愛染明王像に……　仏像の像内に封じられた種々の品を「胎内納入品」と呼ぶが、舎利が納入された例もある。

興然　一一二一―一二〇三年。平安時代後期から鎌倉時代初期の僧。勧修寺慈尊院第二世。

記されていたが、仏舎利=宝珠の関係によって、それを宝珠のひとつと解釈している。その結果、三顆という数は同じであるが、三宝院流と勧修寺流とでは、その由来について同時期に異なる説が唱えられていたということになる。

しかし、後の小野流の口伝では龍王呈上説が説かれなくなる傾向にあり、宝珠の数も少なくなってゆく。例えば、三宝院流の成賢の口伝を道教(どうきょう)▲が記録した『遍(へん)口鈔(くしょう)』(一二三三年)では、巻第四に、

> 如意宝珠の事　嘉禄三年七月二十一日、遍智院にてこれを承る。宝珠は三宝院流には二果と習ふなり。一つは恵果付属の珠なり。二つは大師吾(わ)が朝における能作性珠なり。彼の恵果付属の珠は室生にこれを籠む。我が能作性珠は長者付属の珠これなりと云々。しかして勧修寺には一果と習ふなり。恵果付属の珠ばかりなり。宀一山にはこの法ばかりをこそ籠めさせ給ふ。珠は籠めず。仍(よ)りて一果と習ふか。

と、嘉禄三年(一二二七)に伝授された二説が併記されている。即ち、三宝院流では二顆の宝珠があると伝え、恵果より付属のものは宀一山に埋納され、空海作製のものは東寺長者が伝領するという。ところが勧修寺流では、空海が恵果より

道教　一二〇〇—三六年。鎌倉時代前期の僧。三宝院流道教方の祖。遍智院大僧都と称される。

付属された一顆のみがあるだけで、宀一山に宝珠はなく、法が籠められているというのだ。

「法」を籠めるとはどういうことだろうか。これについては、すでに門屋温が勧修寺流の印信（いんじん）である称名寺聖教『最極秘灌頂印（さいごくひかんじょういん）』（一二五七年）を引き、勧修寺流では「土心水師の竹木目」を実体のない抽象的なものと見なすことから、宝珠を本尊とする如法尊勝法（にょほうそんしょうほう）や如法愛染法（にょほうあいぜんほう）といった王権と関わる修法の創出に力を入れていた勧修寺流では、王権に直結する勝光明院宝蔵にあるものを唯一の宝珠と位置づけているかと推測している。宝珠と王権との関わりについては種々の議論があり、非常に重要なテーマであるが、本書で扱う領域ではないため、ここでは指摘にとどめたい。ただ、「法」と宝珠との関係については、第三章で論ずる。

ところで、勧修寺流の、唯一の宝珠への指向というスタンスについては、『宀一山記』や『宀一山 山階寺寛継法橋』が複数の宝珠の存在を記すのに対し、『宀一山秘密記』があくまで恵果付属の宀一山宝珠だけに焦点を絞って叙述していたことが思い合わされる。諸説の多様な展開に対応するため宝珠が増えるだけでなく、減少することにも相応の背景があると考えるべきであろう。

ともあれ、勧修寺流はいうまでもなく、三宝院流においても嘉禄三年（一二二七）の段階で宝珠の数を三顆とする説は採られていなかったということになるが、

印信　密教における秘法伝授の証明となる書状。

門屋温が……　門屋温「「宀一山土心水師」をめぐって」（『説話文学研究』三二号、一九九七年）。

宝珠と王権との関わり……　阿部泰郎「宝珠と王権——中世王権と密教儀礼」（『岩波講座東洋思想16 日本思想2』、岩波書店、一九八九年）、松本郁代「鳥羽勝光明宝蔵の『御遺告』と宝珠——院政期小野流の真言密教」（覚禅鈔研究会編『覚禅鈔の研究』、親王院堯榮文庫、二〇〇四年）等。

先に見たように、頼瑜は弘長二年（一二六二）に『御遺告釈疑抄』で宝珠を三顆としている。この三十五年の間に、宝珠の解釈に大きな変化があったというのだろうか。

ところが、同じく頼瑜の手になる『秘鈔問答（ひしょうもんどう）』は、『遍口鈔』と同様の説を載せている。

問ふ、「宝珠の相承とは何か」。
答ふ、「先師僧正〈報恩院〉云はく、「勧修寺には一顆と習ふ。いはゆる門葉相承の玉とはこれなり。精進峰に埋めざるなり。彼の峰はただ法を安置すと習ふなり。醍醐寺には二顆と習ふ。一つは恵果相伝の玉、彼の峰にあり。二つは門葉相伝の玉。この玉は鳥羽勝光［明］院の宝蔵、即ち大師御作なりと習ふなり」と云々」。

宝珠の相承（そうじょう）についての回答として、報恩院僧正（憲深）の説を挙げており、その内容は、勧修寺流では宝珠は宀一山には埋まっていないとし、醍醐流では恵果より伝わるものが宀一山に、空海の作製したものが勝光明院宝蔵にあるというものである。

守覚法親王　一一五〇―一二〇二年。平安時代末期から鎌倉時代初期の僧。後白河天皇の第二皇子。出家して仁和寺に入る。小野・広沢両流の伝授を受けた。

諸尊法　密教で、諸尊（如来・菩薩・明王・天等の総称）を別々に本尊として行う修法。

『秘鈔問答』とは、守覚法親王（しゅかくほっしんのう）▲が勝賢より小野流の諸尊法▲の伝授を受けて集成した『秘鈔（ひしょう）』と『異尊（いそん）』に関する注釈書である。頼瑜は、引用文中に見える「先師僧正」報恩院憲深の口伝を受けて本書を編んだのであるが、前記のとおり憲深の口伝は『御遺告釈疑抄』の典拠ともなっている。つまり、弘長二年の『御遺告釈疑抄』成立の段階では、頼瑜は（あるいは憲深も）この説を知らなかったということになろう。

『秘鈔問答』の成立は、頼瑜の弟子である頼淳（らいじゅん）が永仁五年（一二九七）に書写したことがわかっているので、それ以前ということになるが、頼瑜はそれ以降もたびたび加筆修正を施している。各巻の奥書に、永仁五年から正安二年（一三〇〇）にかけ、頼瑜が訓点を加えたり付け直したりしたことや、他流の説を検討して新たに書き入れたこと等が記されている。このように、諸説の相違や整合性にも注意を払っていた頼瑜であるから、弘長二年以降に龍王呈上説が廃（すた）れてゆき、それに合わせて『秘鈔問答』には載せなかったと見るべきであろう。三宝院流の口伝を詳細に検証することにより、諸説の消長の様相を跡づけることができるかもしれないが、残念ながら本書では詳しく触れる余裕はない。三宝院流において突如として宝珠龍王呈上説が唱えられるようになり、そしてまた消えていったことを確認するにとどめておこう。

三▼龍と如意宝珠

請雨経法と龍王

前章で、宝珠をめぐる三宝院流の口伝が展開してゆく過程で龍王呈上説が消えていったことを指摘した。しかし、そうした文脈のなかで説かれなくなったということは、必ずしも顧みる必要のない妄説（もうせつ）だということにはならない。こちらはこちらで独自の展開を遂げてゆくのであるが、まずは龍王呈上説が説かれた背景から確認してゆこう。

『御遺告釈疑抄』では、空海が請雨経法（しょううきょうほう）による祈雨（きう）（雨乞い）をおこなった際に龍王が出現したことと、空海所持の宝珠が龍王の肝頸（かんけい）（心臓の上、頸（くび）の下）に通じている（図10）こととを挙げていたが、これらはいずれも『遺告二十五箇条』に記されていることである。

まず祈雨については、第一条で次のように記される。

神泉薗の池辺（ちへん）にして御願（ぎょぐわん）に法を修して雨を祈るに霊験それ明らかなり。上は殿上より下は四元に至る。この池に龍王あり、善如と名づく。元これ無熱達池の龍王の類なり。［……］彼の現ぜる形業は、あたかも金色の如くにして長さ八寸ばかりの蛇なり。この金色の蛇、長さ九尺ばかりの蛇の頂に居在せり。

ここでは、「法を修して」とあるのみで、その法が『請雨経』に基づく祈雨、

図10　摩尼宝珠曼荼羅。龍の首のあたりに宝珠を描いている。

即ち請雨経法であるとは書かれていない。他の経典による祈雨の事例もあるので、この段階でこの法が請雨経法であるとは断定できないが、ともあれ祈雨は成功した。そしてその際に龍王が蛇の姿で出現したということだが、宝珠についての記述はない。一方、『御遺告釈疑抄』では、

空海和尚、神泉池にて請雨経の法を修せらるる時、無熱池の善女龍王来たりて、所持の如意宝珠を空海和尚に奉り給ふ。

と、請雨経法であることを明記し、龍王が所持する宝珠を空海に差し上げたとしている。なお、「無熱達池／無熱池」「善如／善女」と表記が異なるが、いずれの表記も他文献に見えるもので、『御遺告釈疑抄』が意図的に改変しているわけではないだろう。

次に、宝珠が龍王の肝頸に通ずることは、第二十一条で密教を宝珠に譬えつつ、宝珠は龍宮にあり、龍の肝にあるが、容易にそれを見ることはできないとし、第二十四条では、龍宮の宝蔵のなかでも最上のものが宝珠であり、この蔵から龍王の肝頸に通じているという表現で、宝珠の素晴らしさを説明する。

いずれも龍王と宝珠とが密接な関係にあることを示しているが、龍王呈上説の

直接の典拠となった神泉苑での祈雨について、さらに確認してゆこう。
神泉苑とは、現在の京都市中京区にある真言寺院だが、平安遷都とほぼ同時に造られた池を中心とした禁苑（天皇のための庭園）であった。『日本紀略』に見える延暦十九年（八〇〇）の桓武天皇の行幸以降、行幸や遊宴の記録が多く残るが、九世紀半ば頃から国家的な祈雨が繰り返しおこなわれるようになり、実際に多くの真言僧が請雨経法を執行している。空海による祈雨は、寛平七年（八九五）の『贈大僧正空海和上伝記』に記される、天長年中の旱魃に際しての祈雨に成功したという記事を初例とするが、史実ではないと見られている。信憑性のあるものとして、『日本後紀』天長四年（八二七）五月丙戌条の、空海による祈雨の記録はあるものの、こちらは神泉苑ではなく内裏でおこなわれている。空海神泉苑祈雨譚は、真言僧による神泉苑での請雨経法実修の起源と位置づけるべく創作されたものであろう。

この説話はさらなる変容を遂げ、東寺の空海と西寺の守敏とが祈雨で競い、守敏の妨害を受けながらも空海が勝利を収めるという内容となってゆく。弘仁十四年（八二三）、嵯峨天皇が空海に東寺を、守敏に西寺を下賜した。西寺とは、現存しないが、平安京の朱雀大路を中心として東寺と対称の位置にあった寺院である。こうした背景から、東の空海と西の守敏という非常にわかりやすい対立構図が作られたのであろう。空海・守敏の対立は、祈雨以外にも種々の内容が語られている。例えば院政期の『今昔物語集』は、巻第十四・第四十話に「弘法大師、修円僧都と挑むこと」として、「守敏」が「修円」となっているが、両者が修法の力によって生栗を茹でたり、互いを呪い殺そうとしたりする説話を収めている。「修円」「守円」「修因」「守敏」等、表記に揺れはあるものの、院政期以降、両者の対立譚は多彩に展開し、多くの書物に収録されることとなる。なお、これらのうち、「修円」が本来の表記であったと考えられる。修円は実在する僧で、室生寺を開いたとされる賢璟に師事して法相教学を学び、興福寺別当を務めた。師とともに室生寺創建に尽力し、室生寺第二祖とも呼ばれる。承和元年（八三四）あるいは二年に室生寺で没しており、空海と同時代を生きた人物である。

ところで、『今昔物語集』は、この説話の次、即ち巻第十四・第四十一話に「弘法大師、請雨経法を修して雨を降らすこと」として、神泉苑での請雨を語っている。

> 今は昔、□天皇の御代に、天下旱魃して、万の物皆焼け畢て枯れ尽きたるに、天皇これを歎き給ふ。大臣以下の人民に至るまで、これを歎かずと云ふことなし。その時に、弘法大師と申す人在ます。僧都にて在しける時、天皇

大師を召して、仰せ給ひて云はく、「何にしてかこの旱魃を止めて、雨を降らして世を助くべき」と。大師申して云はく、「我が法の中に雨を降らす法あり」と。天皇、「速やかにその法を修すべし」とて、大師言葉に随ひて、神泉にして請雨経の法を修せしめ給ふ。七日の法を修する間、壇の右の上に五尺ばかりの蛇出で来たり。見れば、五寸ばかりの蛇の金の色したるを戴けり。暫しばかりありて、蛇ただ寄りに寄り来たりて池に入りぬ。［……］これを見給ふに、一人やむごとなき伴僧ありて、僧都に申して云はく、「この蛇の現ぜるは何なる相ぞ」と。僧都答へて宣はく、「汝知らずや。これは天竺に阿耨達智池と云ふ池あり。その池に住む善如龍王、この池に通ひ給ふ。されば、この法の験あらむとて現ぜるなり」と。しかる間、俄に空陰りて戌亥の方より黒き雲出で来て、雨降ること世界に皆普し。これに依りて、旱魃止まりぬ。これより後、天下旱魃の時には、この大師の流れを受けて、この法を伝へる人を以て、神泉にしてこの法を行なはるるなり。

天皇の名が空白となっているが、『今昔物語集』には破損による欠字のほか、「意識的欠字」と呼ばれる箇所が散見する。欠字とした理由は種々考えられるが、ここは具体名を記すことを保留した欠字であろう。その天皇の時代を旱魃が襲った。空海は神泉苑で請雨経法に成功し、以後は空海門流がこの法を伝え、神泉苑で執行することが慣例となったと語られているが、蛇が出現し、その正体が龍王であることが明かされるのは、先に見た『遺告二十五箇条』と同様である。無熱（達）池ではなく、「阿耨達智池」からやって来たとしているが、「阿耨達智池」は正確には「阿耨達池」とあるべきで、これは無熱池の別名である。祈雨が請雨経法であることと大小の蛇の大きさは異なるものの、『遺告二十五箇条』とほぼ同様のことを述べていると見てよい。なお、『御遺告釈疑抄』で述べられる龍王の宝珠はまだ登場しない。

室生山における祈雨と龍王

ところで、こうした祈雨は室生山でもおこなわれていた。

室生寺の付近には室生龍穴神社（むろうりゅうけつじんじゃ）があり、その奥の山中には「吉祥龍穴（きつしょうりゅうけつ）」と呼ばれる洞穴がある。古来より龍の信仰があったことがうかがえるが、この龍穴神社で国家的な祈雨がおこなわれた初例は弘仁八年（八一七）である。スティーブン・トレンソンによれば、弘仁八年と翌九年の祈雨以降、次の祈雨事例まで約百年の空白期間があるものの、延喜十七年（九一七）から文永十年（一二七三）までの間、国家的祈雨の事例は諸書に頻出する。その祈雨の方式は、当初は官幣使（かんぺいし）や

スティーブン・トレンソンによれば……　スティーブン・トレンソン「真言密教の龍神信仰と室生山」（『祈雨・宝珠・龍――中世真言密教の深層』、京都大学学術出版会、二〇一六年）。以下、氏の名を挙げる際は同じ論文に拠る。

官幣使　朝廷から幣帛（へいはく）（神前に奉献するものの総称）を捧げるために遣わされる勅使。

国司が龍穴神社に奉幣し、室生寺僧が神前読経をするというものだったが、十世紀後半以降は奉幣がなくなり読経のみとなった。そしてその読経は、室生寺僧を率いる興福寺別当がおこなっていたということであり、逵日出典のいう室生山での密教系祈雨法の執行は、公的な形では記録にないという。

ところで、なぜ室生の地で祈雨がおこなわれていたのだろうか。この問題については、『宀一山年分度者奏状』が参考となる。これは、承平七年（九三七）四月二十三日に室生寺僧が年分度者を申請すべく朝廷に提出した国解の案文である。まず、「旧記」からの引用として、去る宝亀年間（七七〇―七八一）、皇太子の病気回復を祈り、五人の僧に室生山中で「延寿法」をおこなわせたところ、効果があったということが紹介される。それに続け、

> その後、興福寺大僧都賢璟、殊に仰旨を蒙り、国家の奉為に件の山寺を創建すなり。それより以降、龍王厳しくその験を顕はし、国家の奉為の鎮護者なり。その山体たるは、四方の山峰空に傾き高く聳へ、龍池は地を穿ちて深く通ず。［……］即ち件の龍王を以て、伽藍の護法神となすなり。旱災あるごとに龍王の穴地を臨み、甘雨を祈る。祝言未だ訖らざるに、雲雨いよいよ降り、五穀ことごとく茂り、万姓感悦す。ここに公家、霊験顕はるるごとに度

奉幣　神に幣帛を捧げること。

逵日出典のいう……　逵日出典「室生山に於ける雨乞」（『室生寺史の研究』、巌南堂書店、一九七九年）。

『宀一山年分度者奏状』　本文は、西田長男「室生竜穴神社および室生寺の草創――東寺観智院本『宀一山年分度者奏状』の紹介によせて」（『日本神道史研究　第四巻　中世編（上）』、講談社、一九七八年）所収の校訂本文を訓読して引用する。

国解　諸国の国司から太政官あるいは所管の中央官庁に奉った公文書。

者を施し奉る。即ち去ぬる貞観九年、龍王五位に叙せらる。即ち詔文に云はく、「寺を龍王寺と号し、神を善女龍王と名づく」と。

興福寺の賢璟が勅命により室生寺を建立した。険しい山中には、地下深くに通ずる龍の棲む池があり、その龍王を寺の護法神とした。旱魃の際にこの龍穴で祈雨をするとすぐに効験が現れ、そのたびに朝廷より出家者が割り当てられた。貞観九年（八六七）には龍王に五位の位階が授けられ、寺を龍王寺、龍を善女龍王と名づけたという。

これに依拠し、後に神泉苑で祈雨が執りおこなわれるようになると、真言僧が室生の龍神信仰を移したと見る向きもあるが、トレンソンはその逆の見方をしている。即ち、貞観九年の詔勅は事実ではなく室生寺側の作為であり、善女龍王の呼称が公的に認められたということも疑わしい。むしろ、十世紀になって室生寺に増えてきた真言僧により、神泉苑の龍神信仰が持ち込まれたのではないかというものである。

前章で採り上げた宀一山縁起類は、まさにこの真言僧たちによって作られたものだろう。そのなかから、龍神信仰と関わりそうな記述を摘記しておこう。『宀一山記』には、

> 次に山内に両部不二浄土あり。この中に龍宮あるなり。島これあり。方一里。四面に瑠璃・馬瑙・車渠・虎珀の幡これあり。その中、金銀殊妙の世界なり。島の中央に堂これあり。五柱堂と名づく。但し中央の柱は、善女・難陀等の大龍、種々の供具を捧げこれを供す。室生山は三部の密号なり。精進峰は五部の秘号なり。また善女は即ち宀一守護、諸仏教授の体なり。これ即ち醍醐寺の青龍明神三所の内、中の一所これなり。今二所は、稲荷上下これなり。これ即ち尊師これを勧請し、密教の鎮守となすなり。

とある（図11・図12）。室生山中に両部不二の浄土があり、なかに龍宮がある。島の中央にある五柱堂では善女龍王や難陀龍王らが祀られており、善女龍王は宀一山の守護神である。もとは醍醐寺の青龍明神であったが、そのなかの一神を空海がここに呼び寄せ、密教守護神としたという。青龍明神とは、醍醐寺の鎮守神である清瀧権現を指す。トレンソンは、このことより室生山の龍神信仰の源泉を醍醐寺系の宝珠・龍神信仰に求められるとしているが、そうであれば、かつて私が論じた宀一山縁起類が醍醐三宝院流の秘説を受容していることとも整合する。

また、『宀一山記』は本文に追記する形で「宀一山龍穴の事　総秘決口決」と

両部不二　両部とは金剛界と胎蔵界。その両者が不二の関係で、本来ひとつのものであるということ。

かつて私が論じた……　藤巻和宏「如意宝珠をめぐる東密系口伝の展開と宀一山縁起類の生成――『宀一山秘密記』を中心として」（『国語国文』七一巻一号、二〇〇二年）等。

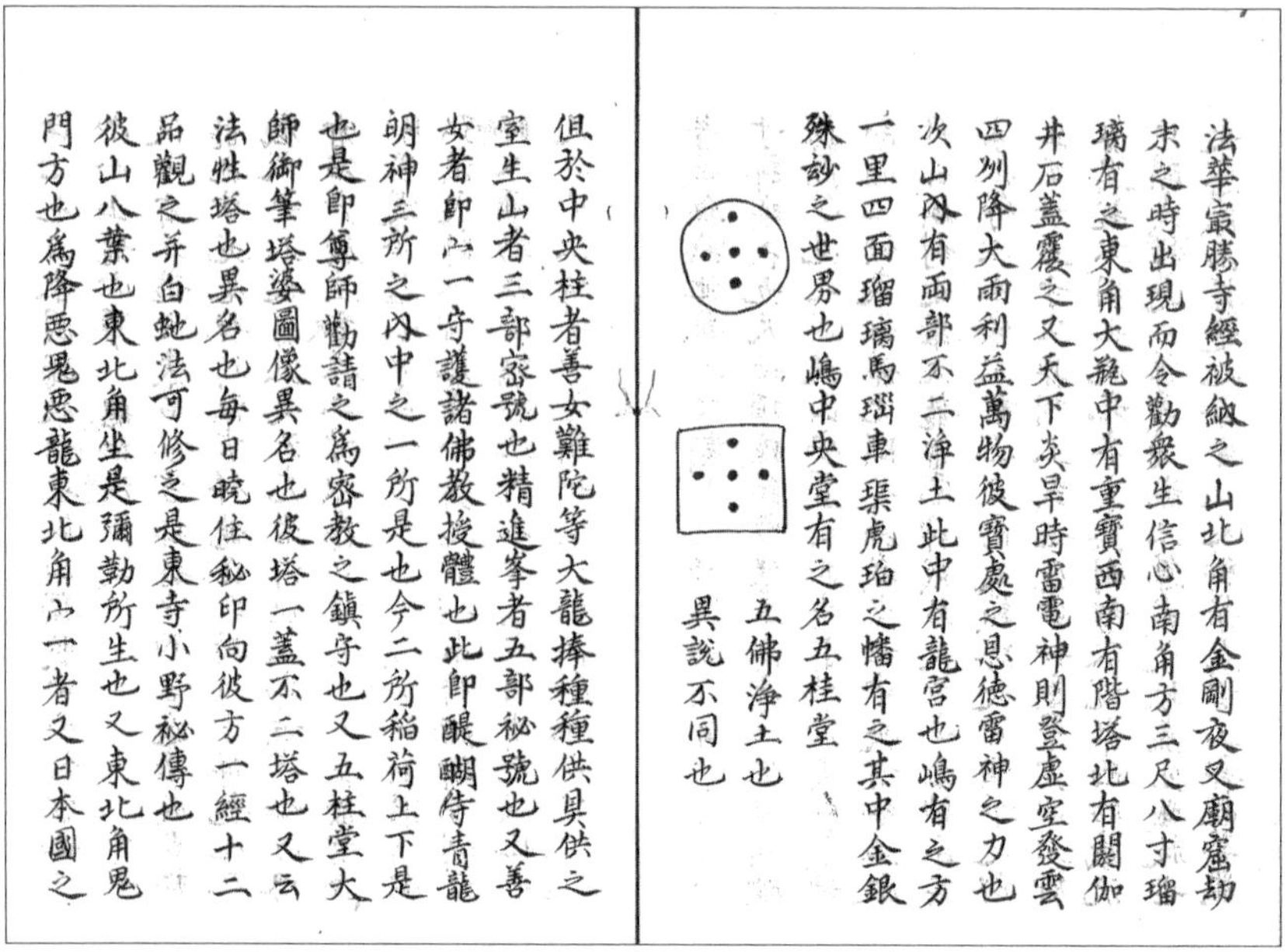

法華最勝寺經被納之山北角有金剛夜叉廟窟劫
末之時出現而令勸衆生信心南角方三尺八寸瑠
璃有之東角大巖中有重寶西南有階塔北有閼伽
井石蓋覆之又天下炎旱時雷電神則登虚空發雲
四洲降大雨利益萬物彼寶處之恩徳雷神之力也
次山内有両部不二浄土此中有龍宮也嶋有之方
一里四面瑠璃馬瑙車渠虎珀之幡有之其中金銀
殊妙之世界也嶋中央堂有之名五柱堂
五佛浄土也
異説不同也

但於中央柱者善女難陀等大龍捧種種供具供之
室生山者三部密號也精進峯者五部秘號也又善
女者即宀一守護諸佛教授體也此即醍醐侍青龍
明神三所之内中之一所是也今二所稲荷上下是
也是即尊師勸請之爲密教之鎮守也又五柱堂大
師御筆塔婆圖像異名也彼塔一蓋不二塔也又云
法性塔也異名也毎日曉住秘印向彼方一經十二
品觀之并白蛇法可修之是東寺小野秘傳也
彼山八葉也東北角坐是彌勒所生也又東北角鬼
門方也爲降惡鬼惡龍東北角宀一者又日本國之

図11　『宀一山記』当該部分

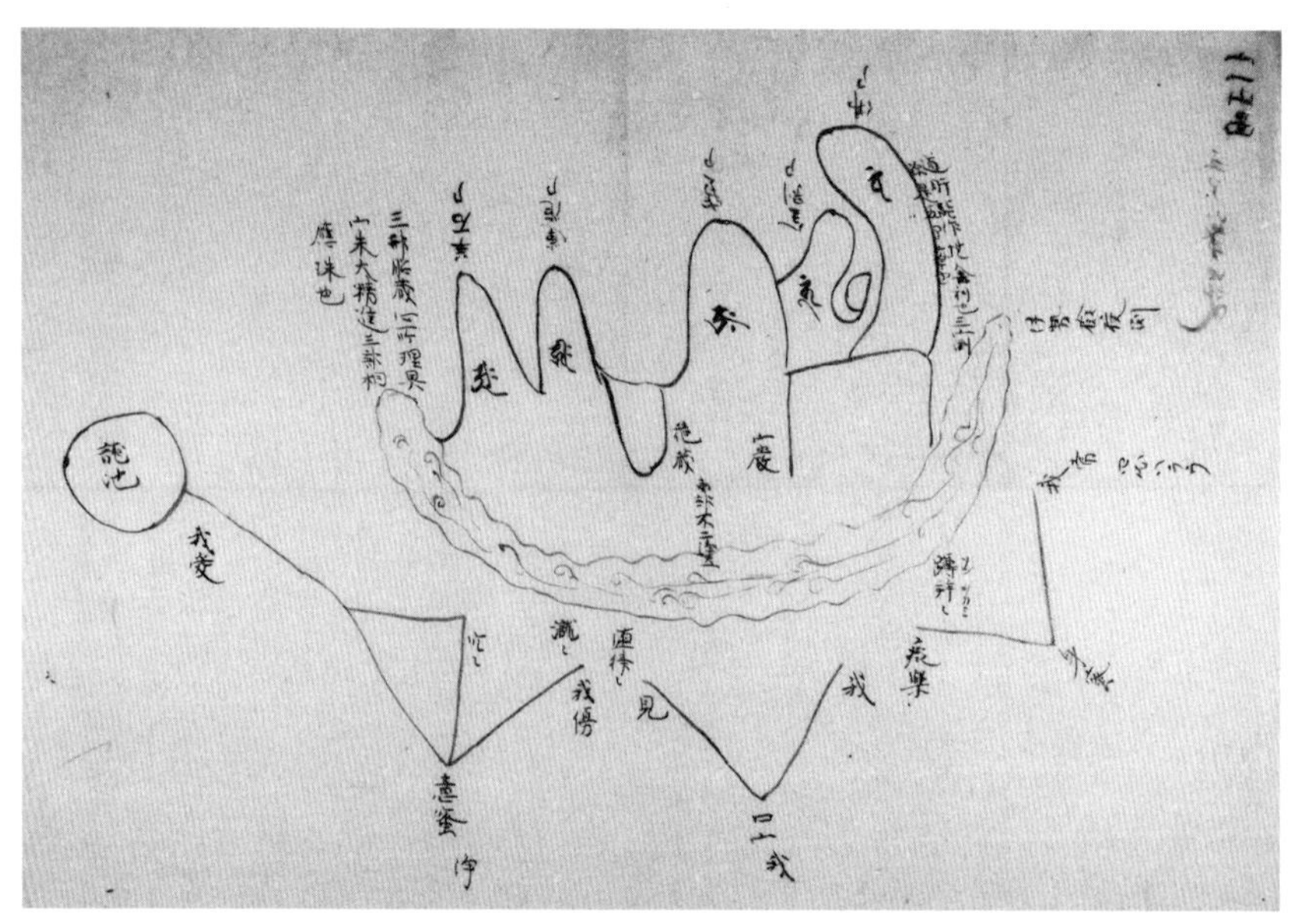

図12　『宀一山図』。宝珠の埋まる室生山を観念的に描いたもので、「両部不二浄土」「三部の密号」「五部の秘号」に相当する記述もある

して、

> 彼の山に三の龍穴あり。東を妙吉祥（めうきちじやう）龍穴と名づく。西を遮羅夷（しやらい）吉祥龍穴と名づく。中の光る尾を持法吉祥龍穴と号す。この持法吉祥龍穴の底に十五丈入るに、五丈の池あり。左右に穴あり。

という記述から始まる龍穴内部についての詳しい情報を記し、仏舎利が存在すること等が述べられる。『宀一山　山階寺寛継法橋』にも、「この山の下は龍宮なり」として、『宀一山記』と類似する記述が見える。

『宀一山秘密記』は、宝珠を種々の聖なる存在に結び付けることで、〝唯一の宝珠〟としての聖性を強調しているが、それらを述べた後、「宝珠御在所の事」として龍穴・龍池について記される。

> 秘記に云はく、「精進峰玉の在処なり。宀一山の東の嶺の北に龍穴あり、南に龍池あり、中の奥に三本の石塔これあり。件の所は宝珠の在処なり」と云々。

龍穴のなかに所在する宝珠について、以下詳述されるのであるが、ここに至り、龍王と宝珠との関係が明瞭に示されたといえよう。

また、前章で『御遺告釈疑抄』に引かれる「善女龍王如意宝珠口伝口授」とほぼ同文のものとして、称名寺聖教『善女龍王如心宀珠 幷(ならびに) 足爪口伝酉』の存在を指摘したが、以下にその本文を掲げよう。

善女龍玉如心宀珠口伝
口授に云はく、「空水禾尚、神泉池にて請雨経水を修し給ふ時、無熱達池の善女龍玉来たりて、所持の女心宀玉を空水禾尚に奉り給ふ。その宀珠、大和国仏龍寺と云ふ寺にこれあり」と。

「龍玉」は「龍王」であるが、「玉」という表記には宝珠を持つ龍王という意味も込められていると思われる。「如心宀珠」「女心宀玉」は「如意宝珠」、「空水禾尚」は「空海和尚」、「請雨経水」は「請雨経法」の、それぞれ略字表記。「仏龍寺」は「仏隆寺」であるが、「龍」は誤字ではなく、やはり龍王の宝珠を連想させる表記と見ることができる。

醍醐流の口伝としてこのような説が存在していた一方、勧修寺流の『四巻』には、安祥寺の宗意の口伝として「宝珠に三種あり。宀一山宝珠・東寺舎利・龍王宝といふ」という説が挙げられており、龍王が宝珠を持つという認識は、それなりに広く受容されていたものと見える。

門屋温は、空海が龍王より宝珠を得たとする説を、『遺告二十五箇条』第一条で述べられる神泉苑の請雨に龍王が現れたことと、第二十二条の宝蔵の宝珠と海龍王の肝頸の宝珠とが通じているという説との結合の所産と解釈するが、それに加え、『東要記』巻中「精進峰」に記される次の記述にも注目したい。なお、『東要記』は作者として勧修寺の寛信、あるいは随心院の親厳が比定されている。

> 転輪聖王は如意珠を持して、財穀を雨ふらして国土を富饒す。諸大龍王、摩尼宝を戴き、珠の威徳に依りて福力殊勝なり。往古の諸聖は、皆利益群生のために無為の宝珠を持して所求の意願を満たす。弘法大師もまた真言秘家に師資相承して、能作宝珠を伝へ我が日本国に渡す。[……] 遺告に云はく、「彼の海底の玉は、常にこれ能作性の宝珠の御許に通じ、親近して徳を分かつ」と云々。ここに知りぬ、この大師所持の宝珠、その徳を分かつに依りて、彼の龍王所持の宝珠、専らその用を施す。方今、弘法大師真言の加持を以て宝珠の力用を与へ、よく甘雨を降らし穀稼を成就す。故に、この宝珠無為の

宗意　一〇七四―一一四八年。平安時代後期の僧。安祥寺流の開祖。

門屋温は……　門屋温「「宀一山土心水師」をめぐって」（『説話文学研究』三二号、一九九七年）。

寛信　一〇八五―一一五三年。平安時代後期の僧。勧修寺流の開祖。

親厳　一一五一―一二三六年。平安後期から鎌倉時代前期の僧。随心院初代門跡。東大寺別当。通称は唐橋大僧正。

『東要記』は作者として……　長谷宝秀は『東要記』を『弘法大師伝全集』第二巻に収録するに当たり、崇徳院を「今上」とすることや『西院流八結』がこれを引き「東要記勧一」と表記していること等から、寛信説を採る。一方、親厳説は奥書に「承久元年（一二一九）九月十九日、唐橋の御本を以て書写校合了んぬ」とあることによる。

徳にあらずんば、また彼の龍珠、何ぞ力用を施さん。彼の大龍有勢の威にあらずんば、またこの宝珠、誰か守護を致さん。これを以てこれを思ふに、大師の宝珠と龍王の福力と、誓約相応して、よろしく悉地(しっぢ)を得べし。これを以て大師豊饒(ぶねう)を日本国に施さんがため、守護を諸龍王に任さんがために、広く天下の名山を尋ね、普く海内の勝地を訪(おとな)ひ、専ら諸大龍王住在の峰を卜(ぼく)して、まさに土心水師修行の岫(くき)を掘り、その地界を結してこの宝珠を埋む。これ紹隆密教の基、鎮護国家の計なり。

転輪聖王(てんりんじょうおう)▲と龍王とがそれぞれ持つ宝珠によって福徳がもたらされるという思想を、『遺告二十五箇条』に記される空海所持の宝珠に重ね合わせ、空海の力によって宝珠が恵みの雨をもたらし、龍王の宝珠も力を発揮すると捉える。また、龍王がこの宝珠を守護することで、両者の力により悟りの境地を得ることが可能となる。それゆえ空海は、各地をめぐって龍王の棲む峰を探し、土心水師の修行する室生山にこれを埋めた。密教と国家の繁栄は、この宝珠により保証されているという内容である。

　小野六流には宝珠と龍王との関係について、ほかにもさまざまな説が展開していたが、そうした宝珠観を背景として、宝珠龍王呈上説が成立したのであろう。

転輪聖王　四天下を統一して正法をもって世を治める王。

勧請　神仏等の来臨を祈り願うこと。

図13 『弘法大師行状絵詞』巻8、神泉苑での祈雨の際、大蛇の頭上に乗る小蛇の姿で出現した龍王。見にくいが、小蛇も描かれている。

宀一山土心水師と如意宝珠

ところで、『宀一山記』では、宝珠が室生山精進峰に埋められているとの記述に続き、

> 神泉薗の善如龍は、これ無熱池龍王の類なり。大師これを勧請す。即ち金色、長八寸ばかり、長九尺の蛇の頂に乗り来たる。即ち実恵・真済・真雅・堅恵・真暁・真然等、これを見る。同じく彼の山にこれを安置す。

と述べられている。空海が龍王を勧請した▲ところ、八寸ほどの金色の龍が、九尺の大蛇の頭に乗って現れ(図13)、弟子たちがそれを目撃した。この龍王も室生山に移されたという。なお、「長九尺の蛇の頂に乗り来たる」の部分は原文では「乗長九尺蛇頂珠」となっている。非常に訓読しにくく、続群書類従(活字本)はこれを誤写と判断したのか「珠」を「来」に改めて

いる（宮内庁書陵部蔵『続群書類従』も大日本仏教全書も「珠」とする）。トレンソンは、二匹の蛇を宝珠とする秘説を意味しているかと推測しており、龍王と宝珠との結び付きを考えるうえで非常に興味深い解釈ではあるが、ここは続群書類従（活字本）の判断に従い、ひとまず「来」と読んでおこう。

一方、『宀一山 山階寺寛継法橋』では、これに守敏との対立という要素が加わり、守敏が日本中の龍を封じてしまったため雨が降らなかったという状況を記したうえで、

無熱達池の善如龍王を勧請の処、神泉池中に金色の小蛇長八寸ばかりなる、長九尺の蛇の頂に乗りて忽然して現ず。これ則ち彼の龍、勧請に赴くなり。大師の御弟子、実恵・真済・真雅・真昭・堅恵・真照等、同じくこれを見る。

と、ほぼ同じことが記される。ただし、龍王の姿を見た弟子たちの名前に若干の出入りがある。なお、『遺告二十五箇条』にも弟子たちの名が記され、「この現形を見る弟子等は実恵大徳、并びに真済・真雅・真照・堅恵・真暁・真然等なり」となっており、こちらも少しずつ異なっている。

さて、このなかに見覚えのある名がないだろうか。空海の弟子として有名な人

物が列記されているのであるが、それに交じって堅恵の名が見える。室生山に宝珠を埋めた、あの「土心水師」堅恵である。しかし、実は彼は素性の確かな天台僧であり、本来、ここに出てくるはずはない。小野勝年によって明らかにされた『大唐国日本国付法血脈図記』には、円修と堅恵が中国の天台山禅林寺で会昌四年（八四四）に「日本四葉」として認められた、

日本国比叡山最澄和尚―日本国義真和尚―日本国円修法師―日本国堅慧禅師

という血脈が記されている。▲円修が比叡山を退出して室生寺に移った際に、堅恵も同行して室生寺に住し、後に室生山内に仏隆寺を建立したという。▲なお、真言宗では「堅恵」、天台宗では「堅慧」と書き分けられることが多いが、完全ではない。錯綜せぬよう、本書では引用文を除いて「堅恵」に統一する。

さて、この堅恵は空海との間にまったく交流はなかったのだが、『遺告二十五箇条』をはじめ、多くの書物で空海の弟子として語られることとなる。そればかりか、『宀一山 山階寺寛継法橋』では、「恵果阿闍梨の碑」からの引用という体裁で、次のように語っている。

小野勝年によって……　小野勝年「入唐僧円修・堅慧の血脈図記」（『東洋学論叢――石浜先生古稀記念』、石浜先生古稀記念会、一九五八年）。

円修が……　西田長男「室生竜穴神社および室生寺の草創――東寺観智院本『宀一山年分度者奏状』の紹介によせて」（『日本神道史研究　第四巻　中世編（上）』、講談社、一九七八年）、仲尾俊博「天台僧　堅慧（恵）」（『日本密教の交流と展開――続日本初期天台の研究』、永田文昌堂、一九九三年）。

告げて云はく、「吾れ汝と宿契深し。多生中に願はくは密教を弘演(ぐえん)し、彼此(ひし)代(たが)ひに師資とならん。この故に汝に遠渉を勧め、我が深法を授け、吾が願ひ足りぬ。汝は西土にて我が足を摂り、吾れは東に生まれて汝が室に入る」と。

彼の土心水師はこの山に住し、慈尊の下生(げしやう)を待つ。

恵果は空海に、互いに師弟となることを約束し、私は東方(日本)に生まれ変わってあなたの弟子となろうと告げた。その生まれ変わりである堅恵は、室生山で弥勒(慈尊)がこの世に現れるのを待っている、という。また、冒頭では次のように記している。

大和州宇多郡に一勝地あり。これを室生山と号す。また精進峰と名づく。弘法大師帰朝の時、鎮護国家・済度衆生の為、彼の鉄塔より以来師資相承の不三寸弁びに如伊須、土心水師をしてこの地に安置せしむ。蓋し避蛇奥沙(けだびやくじやあうさ)の秘法。[……]彼これを伝来するは、金剛薩埵は龍猛に授け、龍猛は龍智に授け、龍智は不空に授け、不空は恵果に授け、恵果は弘法に授け、弘法は土心に付し、土心この地に埋む。即ち入定して慈尊の出世を待つのみ。

南天鉄塔から相承されている三寸大の不動明王像と如意宝珠を、土心水師をして精進峰に安置させたが、これらは「避蛇奥沙の秘法」であるという。そしてこれは、金剛薩埵—龍猛—龍智—不空—恵果—空海と伝わってきたもので、堅恵がそれを精進峰に埋め、入定して弥勒の出現を待っているという。

如意宝珠をめぐる秘法

ところで、この「避蛇奥沙の秘法」とはいったいなんのことだろうか。三寸大の不動明王像と如意宝珠とを用いるということ以外、この記述からはわからない。一方、『宀一山記』には次のように記される。室生山内から通ずる龍宮に五柱堂があり、そこで、

毎日暁秘印を住し、彼方に向かひて一経十二品これを観ず。幷びに白蛇法、これを修すべし。これ東寺小野の秘伝なり。

と、「白蛇法」なる法を修すべしとしている。これは「東寺小野流」、即ち東密(真言密教)小野流の秘伝であるとのこと。

『宀一山秘密記』では、より詳しく説明されている。龍穴中の宝珠の納められ

た五輪塔についての記述において、

> ［五輪塔の］中の筥の内に如意宝珠を宝瓶に入れてこれを安置せらる。金の机あり。銘文あり。その上に鳥居をただ伏せてこれを置く。額の文あり。即ち恵果相承の宝珠なり。その宝珠の左右に三寸の白銀の不動、五指量の黄金の愛染、これを安置せらる。また恵果相承の灌頂の印信の文、両部の大法大阿闍梨位の最極伝法の密印と云々。同じく副へてこれを置かる。大師御遺告の文に云はく、「道肝を精進の峰に籠め、また本尊海会を彼の岫に安ず」と。道肝とは今の伝法密印の事なり。本尊とは即ち今の宝珠并びに不動・愛染等の鉄塔流伝の一仏二明王とはこれなり。

と述べている。宝珠の左右に不動・愛染の像が置かれ、それに添えて灌頂の印信や伝法の密印が置かれている。そして『遺告二十五箇条』を引き、「道肝」とは伝法の密印で、「本尊」とは南天鉄塔より伝わる宝珠・不動・愛染であると解き明かす。このような形式で実修される修法ということであろうか。

　引用元である『遺告二十五箇条』を見てみよう。第二十三条には、避蛇の法呂(ほふろ)は、これ凡(おほよそ)の所伝にあらず。金人の秘要、阿闍梨の心肝口決なり。東寺代々の大阿闍梨、彼を像想(おもひや)つて法を修せよ。乍ち(すなは)後夜ごとに念誦し畢(をは)つて護身をなすのみ。道肝を精進峰に籠め、また本尊海会を彼の岫に安ぜり。

と、「避蛇の法呂」なるものが示される。「呂」には「背骨」の意味があることから、ここでは「肝要」「枢要」等と解釈すべきであろう。「避蛇法」の肝要はきわめて重要なものであり、東寺代々の大阿闍梨はこの法を修し、護身の作法をなすべしとする。そしてその修法の肝要を室生山精進峰に籠め、修法の本尊および海会(かいえ)（随伴者）をその洞窟に安置したという。また第二十五条では、

昔南天竺国に一の凶婆(きようば)、一の非禰(ひね)等あつて、この密華薗(みつけゑん)を破りき。その時に華薗の門徒の中に一の強信の者あり。奥砂子平(あうさしひやう)の法呂を修すること七箇日夜、いよいよまた次々に員度(ゐんど)を修せしかば、彼の凶婆等自ら退きて、ために密華薗安寂なりと。[……] 彼の法呂は、入室の弟子、宀一山精進峰、土心水師が竹木目の底にあり。

と、凶悪な婆羅門や不信心者によって密華薗（両部世界）が破壊されそうになっ

た時、奥砂子平法の力で守ることができたという逸話を語り、その法の肝要は土心水師（堅恵）の箱（竹＋木＋目）の底に収められているという。

つまり「避蛇奥沙の秘法」とは、いずれも『遺告二十五箇条』に記され、その法の肝要は室生山に埋められている。避蛇法の内容は記されていないが、奥砂子平法は仏敵を砕破したという点から推して調伏法（ちょうぶくほう）であると考えられる。

避蛇法について記すものとして、『四巻』巻第二に引かれた久寿二年（一一五五）の勧修寺流の口伝を確認してみよう。

避蛇法は白邪なり。白法なり。邪神なり。白法を以て邪神を防ぐなり。種因僧都、邪心を以て彼の山の仏法を留め難き故に、彼を防ぐ法なり。避蛇法は如意宝なり。

避蛇法は「白邪」であるということだが、これは「白法を以て邪神を防ぐ」という由来を語るだけでなく、「びゃくじゃ」という読み方を示しているのではないか。むしろ、「びゃくじゃ」という読みから、「白邪」という表記や、それをめぐる言説が展開していったという可能性もある。勧修寺流を含めた小野流においては「避蛇」の「避」に「白」を宛て、「蛇」には「邪」や「者」が宛てられる事例が散見される。先に見た『宀一山記』の「白蛇法」も同様である。

この避蛇法の内容は、「種因僧都」なる人物の邪心に対抗するために修されるもので、かつ、「如意宝」であると記される。「種因」は空海のライバル守敏（修円）であろう。邪心に対抗するという点では、奥砂子平法と同じ調伏法であるとも考えられる。そして、これは「如意宝」であるとしていることから、宝珠を本尊として執行する宝珠法の一種であるということになる。

『四巻』には奥砂子平法についての記述もある。「奥砂子平法は調伏法なり」「宝珠法にてこれを調伏これを修す」としており、『遺告二十五箇条』第二十五条のとおり、やはり調伏法であり、かつ、これもまた宝珠法であるという。

このことは、勧修寺流だけでなく、三宝院流においても確認できる。定海の口伝の筆録である『厚造紙（あつぞうし）』には、次のような記述が確認できる。

宀一山土心水師竹木目底
室生山堅恵法師の箱の底
避蛇法 如意宝珠法
避蛇珠と云ふ玉の名ありと云々。
奥砂子平法 調伏法なり

と、やはり避蛇法は宝珠法のことであるとされており、奥砂子平法も宝珠法であるとこそ明言はしていないものの、『四巻』と同様に調伏法であるという。

十二世紀の段階ではまだ不安定ながらも、調伏法である避蛇法と奥砂子平法とが、宝珠を本尊として修される法として徐々に整いつつあるという流れを想定することができようか。そして、やや時代が降ると『御遺告七箇秘法』（勧修寺流）や『御遺告七箇大事』（三宝院流）といった書物が成立し、避蛇法と奥砂子平法が、他の修法とともに宝珠法に通ずるということが明記される。▲

さて、『宀一山秘密記』に記された、宝珠を中心に置き、その左右に不動・愛染を配する一仏二明王（大日・不動・愛染）形式の修法は「三尊合行法」と呼ばれる。

実運▲の『御遺告秘決』は仮託との説もあり▲、成立年代は十三世紀以降になると思われるが、本書では三尊合行法について詳細に説明している。空海の頭上に宝珠、右手を愛染、左手を不動と観想し、三仏合体の像とする。不動は瞋恚を、愛染は愛欲を、そして宝珠は大痴を調伏し、三毒降伏の秘法であると。さらに別の箇所では『遺告二十五箇条』を引き、宀一山に埋めた「本尊海会」とは三尊合行法の三尊であり、南天鉄塔より相承して空海が宀一山に埋納したと説明している。

やや時代が降ると……　藤巻和宏「宀一山と如意宝珠法をめぐる東密系口伝の展開——三宝院流三尊合行法を中心として」（『むろまち』五号、二〇〇一年）。

実運　一一〇五—六〇年。平安時代後期の僧。定海の弟子の元海から灌頂を受け、醍醐寺座主となる。醍醐寺勝倶胝院を開いた。

実運の『御遺告秘決』は……　伊藤聡「天照大神・空海同体説——東密三宝院流の秘説形成」（『中世天照大神信仰の研究』、法藏館、二〇一一年）は、本奥書と実運没年との齟齬や『御遺告釈疑抄』に本書の引用がないこと等から、憲深（一一九二—一二六三年）以後の成立の可能性が高いとする。

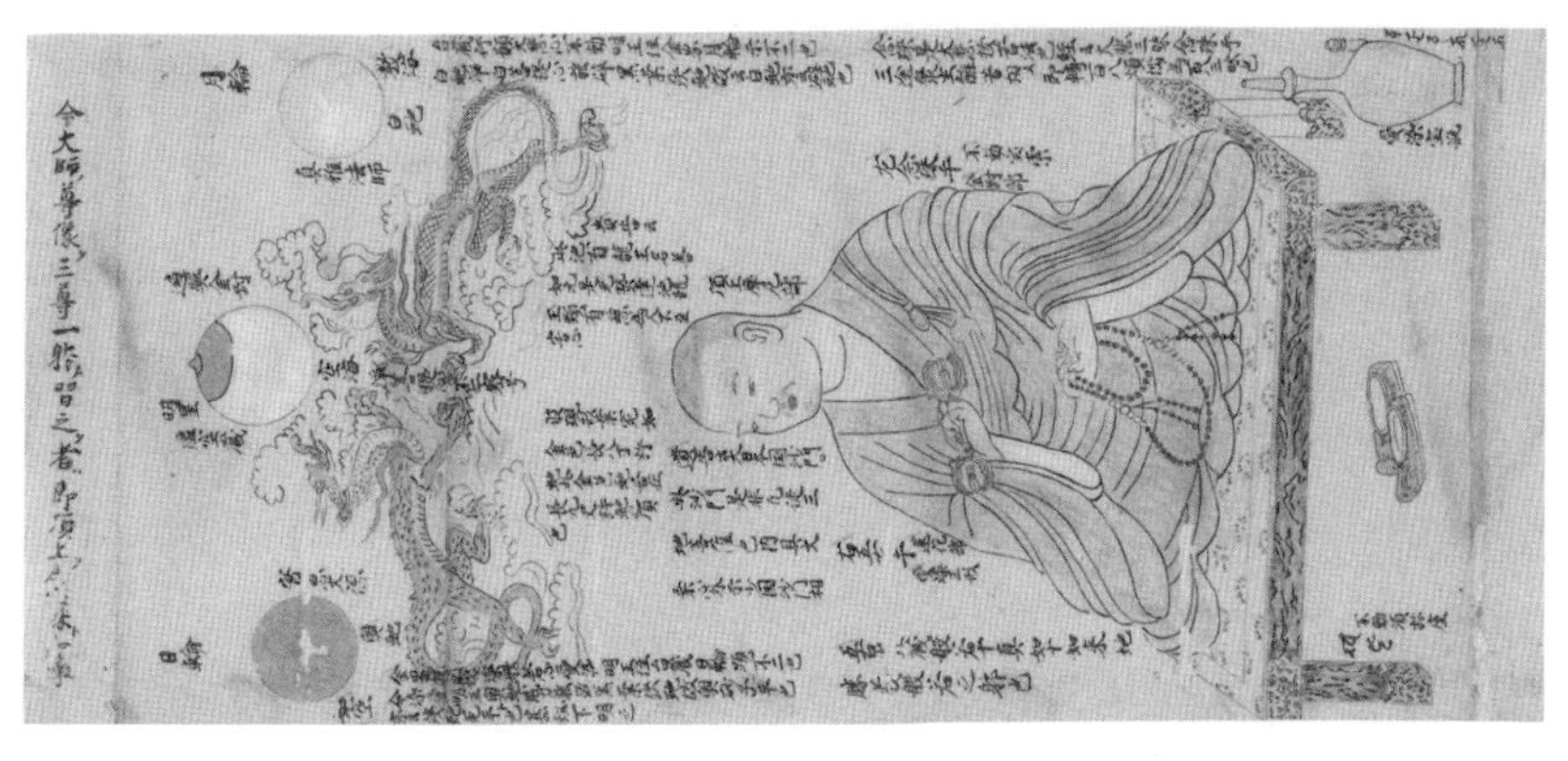

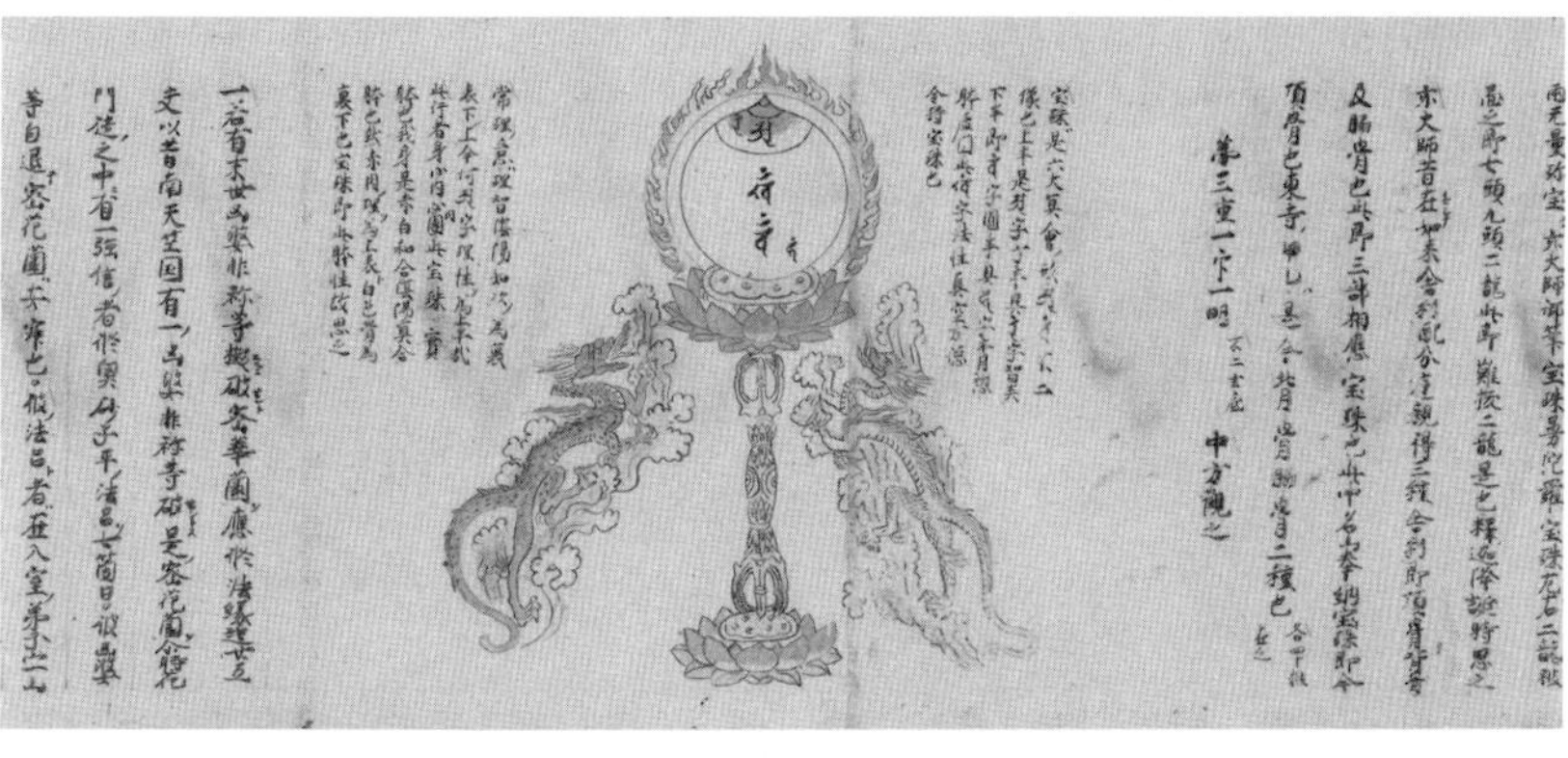

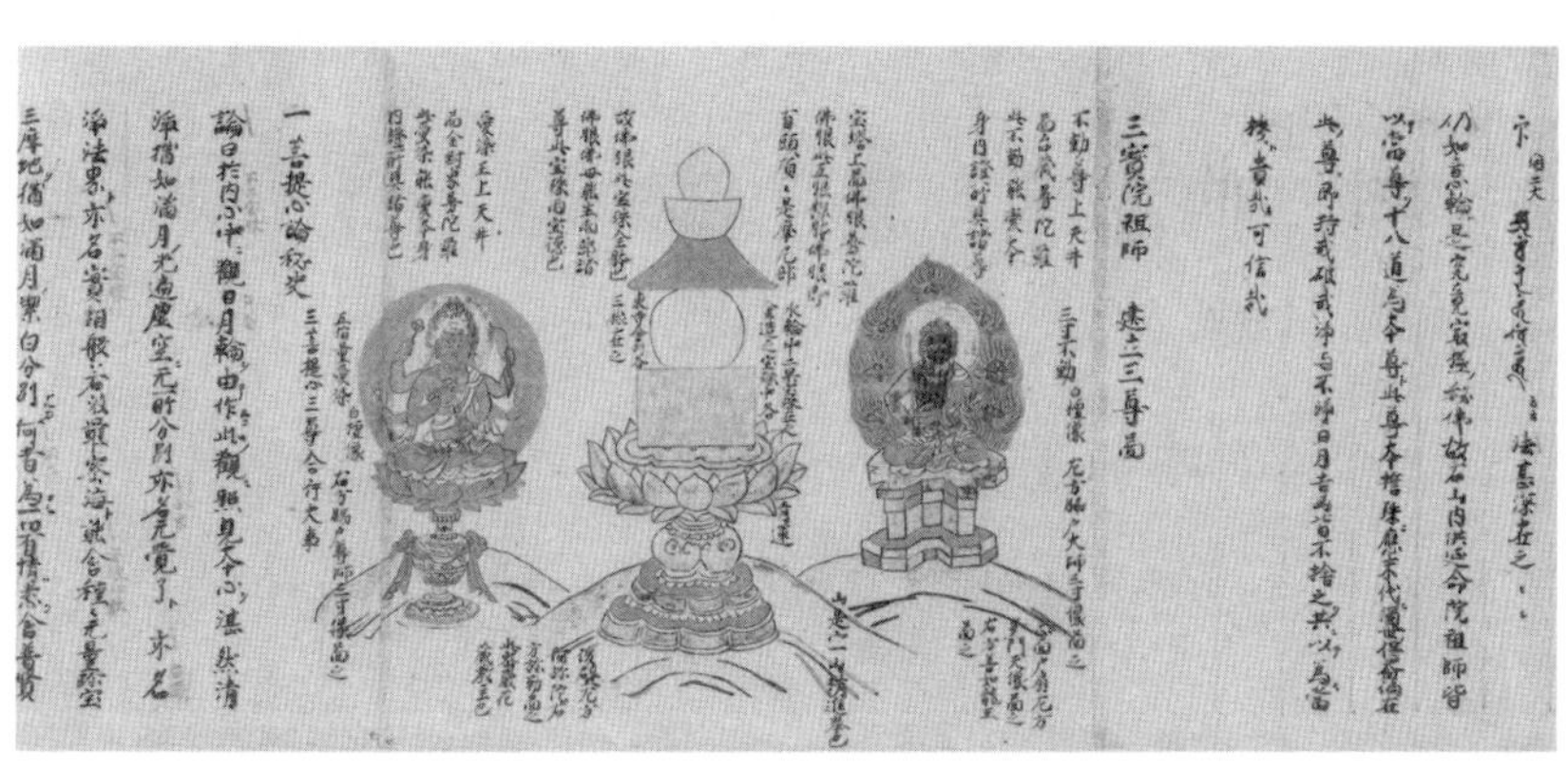

図14　『御遺告大事』に描かれる三尊合行法をめぐる秘説の図解

遺告に云はく、「道肝を精進峰に籠め、また本尊海会を彼の岫に安ぜり」と云々。秘口に云はく、「道肝とは三重灌頂印信文なり。本尊海会とは今の三尊なり。謂はく、白銀の三寸の不動尊と金造の五指量の愛染王、并びに能作性の如意宝珠なり。これ南天鉄塔金薩より龍猛菩薩に授け嫡々相承し、大師室生山精進峰のこれを奉納す」と。

ここに示される三尊合行法の極意は、文観（もんかん）▲作との説が有力視される『秘密源底口訣（ひみつげんていくけつ）』や『御遺告大事』においては、さらに詳細な秘説が図像をともない開示されている（図14）。

ところで、スティーブン・トレンソンによれば、請雨経法も宝珠法に通じ、その儀礼構造は三尊を基に構想されており、その根底には龍神信仰があるという。その詳細について本書では触れる余裕はないが、龍と宝珠との関わりを考える際、きわめて重要な指摘である。

文観　一二七八―一三五七年。鎌倉・南北朝時代の僧。殊音、弘真とも称する。

藤原定家　一一六二―一二四一年。平安時代末期から鎌倉時代前期の歌人、歌学者、古典学者。

吉田経房　一一四二―一二〇〇年。平安時代末期から鎌倉時代初期の公卿。

有職故実　朝廷や公家の儀礼・官職・制度・法令・服飾等の先例や典故。

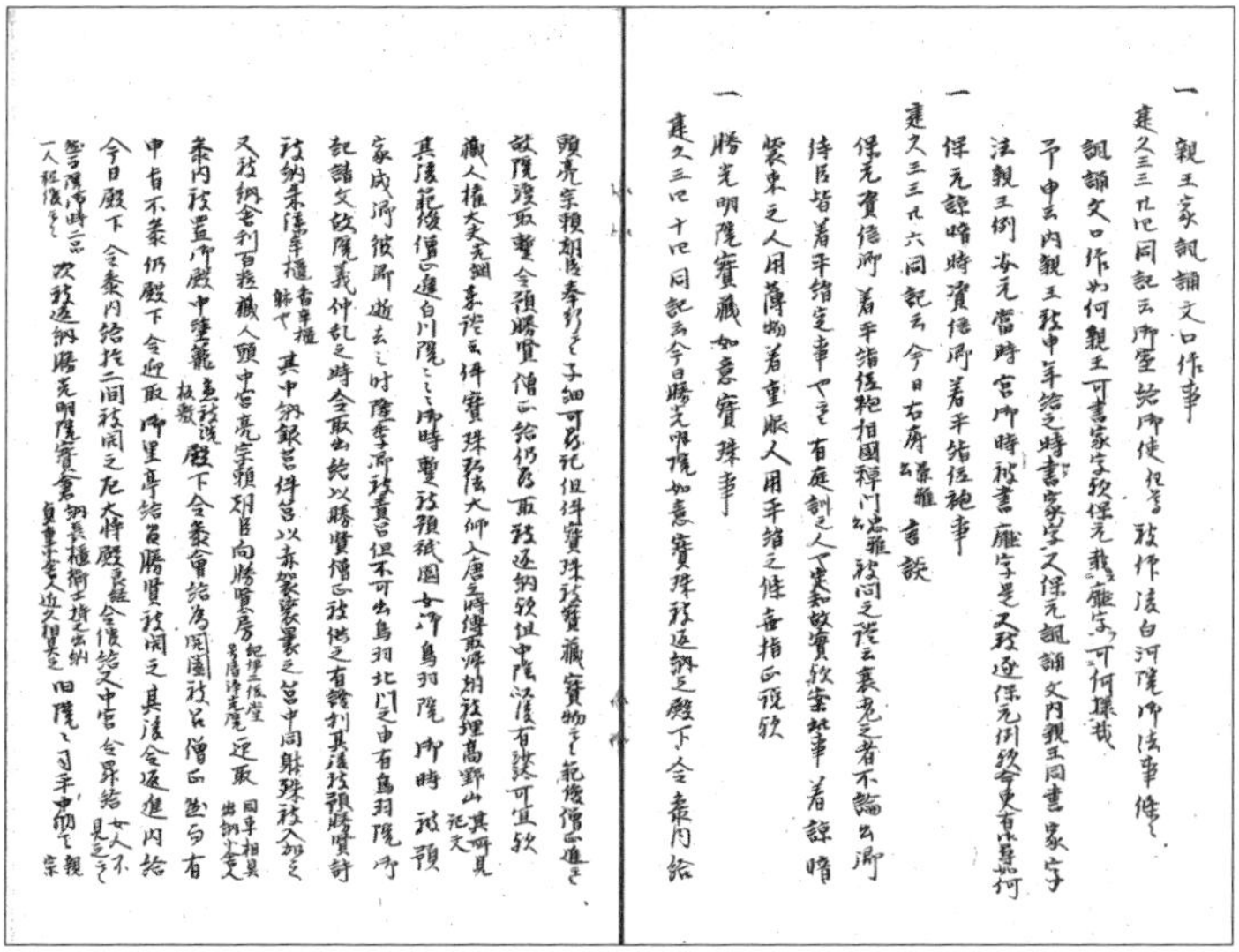

図15　『吉部秘訓抄』建久三年四月十四日条

四▶高野山の如意宝珠

高野山への如意宝珠埋納

第二章で確認した『玉葉』所収の三顆の宝珠の在所と由来は以下のようなものであった。

第一宝珠　室生山、恵果付属
第二宝珠　法勝寺、空海作製
第三宝珠　勝光明院、由来不明

ところが、同じ事案について記しながらも、異なる解釈をしている記事がある。藤原定家▲の日記『明月記』の建久三年（一一九二）四月十日条と、吉田経房▲の日記『吉記』から有職故実▲に関わる事項を抄出してまとめた『吉部秘訓抄』の同年四月十四日条（図15）である。両者とも、『玉葉』とは異なり宝珠の数を一顆としている。『明月記』では、空海が伝えた宝珠を「醍醐某僧」が白河院に進上し、白河院から鳥羽院へと伝わり、一時期は藤原家成のもとにあったが、その死後に取り戻した。それを勝光明院の宝蔵に納め、その後、勝賢の手に渡ったと記される。つまり、『玉葉』に記される三顆の宝珠の在所と由来が、すべて一顆の宝珠のこととして説明されているのだ。情報源が同じであったとしても、兼実と定家の理解が異なっていたということだろうか。そのことは『吉部秘訓抄』においても同様であるが、注目すべきは、

> 今日、勝光明院の如意宝珠、これを返納せられ、殿下参内せしめ給ふ。頭亮宗頼（むねより）朝臣、奉行すと云々。子細は記を尋ぬべし。但し件の宝珠、彼の宝蔵物と云々。範俊僧正進（まゐ）らすと云々。故院渡し取り、暫（しばら）く勝賢僧正に預けしめ給ふ。仍（よ）りて尋ね取り、返納せらるるか。但し中陰以後、沙汰あるべし。宜しきか。
> 蔵人権大夫光綱、来たりて談じて云はく、「件の宝珠、弘法大師入唐の時、伝へ取りて帰朝し、高野山に埋めらる〈それ記文に所見す〉。その後、範俊僧正、白河院に進る。白河院の御時、暫く祇園女御に預けらる。鳥羽院の御時、家成卿に預けらる。彼の卿逝去の時、隆季卿、責め召さる。[……]」と。

藤原光綱　?―一一九四年。平安時代末期から鎌倉時代初期の公卿。

祇園女御　生没年不明。平安時代後期の女性。白河院の寵愛を受けた。祇園に住んでいたことからこう呼ばれる。

明算　一〇二一―一一〇六年。平安時代中期の僧。「みょうさん」とも。高野山の中院を再興。東寺長者。小野僧都成尊（じょうそん）から伝法灌頂を受けた。

『高野山秘記』は……　阿部泰郎「『中世高野山縁起集』解題」（国文学研究資料館編『真福寺善本叢刊9 中世高野山縁起集』、臨川書店、一九九九年）。

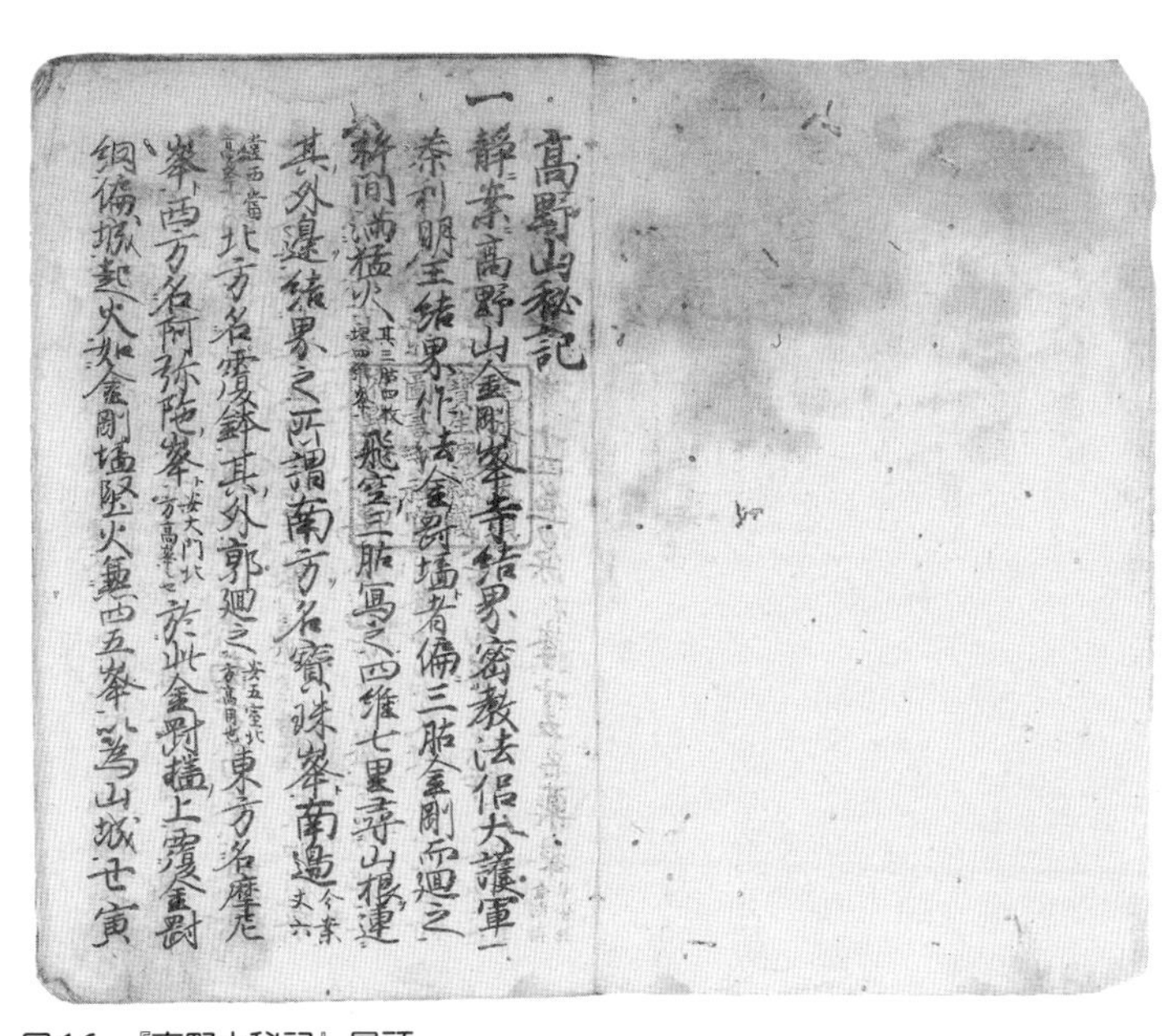

図16 『高野山秘記』冒頭

と、藤原光綱の言葉として、高野山への埋納を記している点である。その宝珠が後に、範俊から白河院（祇園女御に預ける）、そして鳥羽院（家成に預ける）と、所有者が移っていった。高野山埋納の詳細を記した「記文」がいかなる書物を指すのか不明であるが、これまでになかった新たな情報である。

さて、この「記文」と直接の関係があるか否かは不明であるが、高野山埋納説については、小野の支流であり、高野山中興の明算を開祖とする中院流の宝珠をめぐる口伝に詳しく記されている。『高野山秘記』（図16）は三十六箇条の口伝を収録し、その中には元暦元年（一一八四）から建長五年（一二五三）の奥書を記すものが含まれている。年代不明の条文もあるが、おおむねこの前後の成立とされる。宝珠の在所については、「宝珠安置の三所」条で次のように記されている。

一つは宀一山。室生峰なり。彼の峰に埋め置く〈在所は別に習ひあり〉。彼の山の龍神、宝珠を守護せしむ。久しく利生（りしやう）を流布せしめんとす。二つは摩尼峰。彼の如意輪観音の霊験の故なり。守護の龍神女ありて、彼の所に置く。仏神威験を以て宝珠の力を増す。群生利益（ぐんじやうりやく）を為（な）すなり。三つは奥院。丑寅（うしとら）の方に当たりて、三段ばかりを去るに小さき岡あり。樹林茂し。彼の岳に安置す。彼の岳には宝珠のみならず、余の所持の宝物▲、多種籠め置かるる所なり。

三つの宝珠は、室生山のほか、摩尼峰と奥の院にあるという。摩尼峰とは高野三山のひとつである摩尼山を指し、奥の院とは空海が入定（にゆうじやう）▲していると記される高野山の中心的な聖地である。室生山の宝珠は龍神によって守護されていると記され、三宝院流の宝珠説が展開してゆくなかで消えていった説に近い。摩尼山の宝珠は龍神女により如意輪観音のもとに安置され、神仏の霊験によって霊力が高まり、奥の院の宝珠はその北東（艮（うしとら））の岳（おか）に置かれ、その宝珠以外にも多くの宝物があるという。続いて、

宝珠に三種あり。一つは恵果和尚付属の宝珠、能作成なり。二つは大師の御自作〈同じく▲能作成なり〉。三つは、大師勅命に依り祈雨の法を勤行（ごんぎやう）せしに、

宝物　真福寺大須文庫蔵本や天理図書館蔵本はここを「宝珠」とするが、「宝珠のみならず、余の所持の宝珠」では文意が通らない。阿部泰郎『中世高野山縁起の研究』（元興寺文化財研究所、一九八二年）所収の『高野山秘記』翻刻（底本は天理本）は、対校（他の写本と比較し相違を示すこと）に用いた大谷大学図書館蔵本により「宝物」とする。本書でもこの解釈に従う。

入定　高僧の死のことを入定というが、真言宗では空海は生きているとされ、死とは異なるものと解釈する。

同じく　大須本や天理本は「四」とするが、大谷本の「同」に従う。

魔怨(まをん)の障碍(しやうげ)あり。七箇日に至り、雨水降らず〈或いは宗因の障碍か〉。然るに大師、三密定力(ぢやうりき)を以て阿耨達池に到り、善女龍王を請(こ)ひ奉る。龍王、甚だ歓喜を成し、珠を預け奉る。幷(なら)びに相(あ)ひ副(そ)へて神泉薗に到る。修力法感に応じて、忽ちに大雨降る。その時、龍王申して言はく、「善きかな善きかな大菩薩。この薗の砌(みぎり)に善縁あり。自今以後、この砌に住み、弥勒下生(みろくげしやう)の時に至るまで、三密の教へを守護し、皇臣を守らん。兼ねては天下泰平、宝珠を以て貧道衆生を豊饒(ぶねう)せしめし」と、委細に約束し了(をは)りて池に入る。池は石山の淵〈出現あらば粗々尋ね習ふべし〉。龍王付属の玉は、奥院の傍らの岳に安置せしむる所なり。

と、宝珠それぞれの由来が説明される。第一の宝珠は恵果付属の宝珠で、人工宝珠である（能作成は能作性の誤写であろう）。第二の宝珠は空海自作で、同じく人工である。小野流の諸説では恵果付属宝珠は能作性としていなかったが、こちらは双方とも人工宝珠とする。そして第三の宝珠は、龍王呈上。即ち、空海が勅命により祈雨法（請雨法）をおこなった際、しばらく効力が現れないので善女龍王を呼び寄せ、雨を降らせることに成功した。その時、龍王より得たのがこの宝珠であり、奥の院に安置したという。なお龍王は、「弥勒菩薩がこの世に現れるまで、私は密教とこの国の民を守護し、宝珠によって仏道修行を怠る人々を導こう」と約束し、池に姿を隠した。その池は石山の淵である。

それぞれの在所と由来をまとめると、次のようになる。

> 第一宝珠　室生山、恵果付属（能作性）
> 第二宝珠　摩尼山、空海作製（能作性）
> 第三宝珠　奥の院、龍王呈上

由来だけ見れば、恵果付属、空海作製、龍王呈上という『御遺告釈疑抄』で述べられたものと一致しているが、宀一山のほかに摩尼山と奥の院を登場させ、三宝院流で説かれていた宝珠の在所を高野山へと引き付けようとしているのが明らかである。▲

さらに、これに続けて、

> 件（くだん）の玉、奥院安置の由来は、三密の教文をして久しく流布し、広く増益し、三宝の仏種を続（つ）がんと、その方便を垂る。故に宝珠にて峯寺の豊饒を増さしめ、五十六億七千万歳に至り、三密の教文を安布し、人法を興隆せしむ。こ

▲三宝院流で説かれていた……『高野山秘記』にはこれ以外にも、根本（こんぽん）大塔（だいとう）の下に真言八祖相承の宝珠が埋まる、御影堂（みえいどう）と根本大塔は龍の項（うなじ）に相当し宝珠がある、等の説が述べられている。

の故に、彼の院辺に安置せしむる所なり。

と、宝珠の力で金剛峯寺を繁栄させ、弥勒の下生する五十六億七千万年後には宝珠の力で密教を興隆しようということが説かれており、『遺告二十五箇条』第二十四条の「これを以て密教は劫(はる)かに栄え、末徒博延せん」という記述と思い合わせるならば、宝珠の霊力に期待されることとして相応しいものであった。

所願成就を導く存在たる宝珠が、恵果や空海、あるいは龍王や弥勒に連なることでその霊力が増大し、さらにある場所に埋納されることで、そこを聖なる地として規定することになるのである。

なお、龍王呈上宝珠をめぐる口伝が、高野山心南院(しんなんいん)の尚祚(しょうそ)▲の手になる『御遺告勘註抄』に、頼瑜『御遺告釈疑抄』からの引用という形で触れられている。『高野山秘記』における奥の院の宝珠と龍王呈上説とがどのように結び付いていったのか、その経緯は不明であるが、三宝院流の宝珠説の影響が大きかったことは間違いないだろう。

尚祚 ?—一二四五年。鎌倉時代初期の僧。

空海入定と仏舎利

ところで、高野山には空海入定信仰がある。『高野山秘記』で示された弥勒下

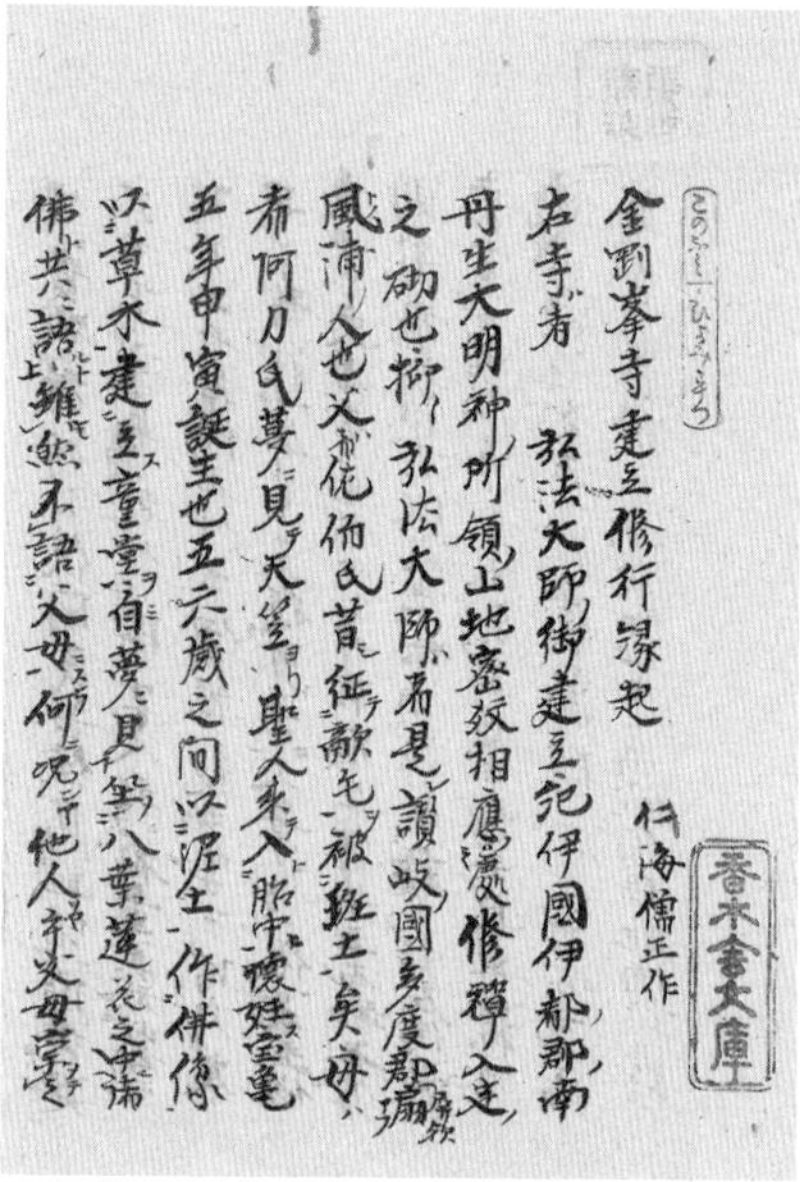
仁海僧正作
金剛峯寺建立修行縁起
右寺者　弘法大師御建立紀伊國伊都郡南
丹生大明神所領山地密教相應處修禅入定
之砌也抑弘法大師者是讃岐國多度郡屏
風浦人也父佐伯氏昔征毛被班土矣母ハ
者阿刀氏夢見天竺聖人来入胎懐妊宝亀
五年甲寅誕生也五六歳之間以泥土作佛像
以草木建立堂塔自夢見坐八葉蓮花之中諸
佛共語雖然不語父母何况乎他人父母

図17　『金剛峯寺建立修行縁起』冒頭

生というモチーフと密接に関わるのだが、まずは入定信仰について確認してゆこう。

空海は承和二年（八三五）三月二十一日に没しているが、後世、空海の死を認めず、奥の院において修行を続けているという信仰が興った。承和二年十月二日の年記を持つ『空海僧都伝』や、寛平七年（八九五）の『贈大僧正空海和上伝記』等、空海没後しばらくはそのようなことは説かれなかったが、康保五年（九六八）の奥書を有する『金剛峯寺建立修行縁起』（図17）以降、入定説が説かれるようになる。康保五年の奥書を不審とし本書の成立をこれより引き下げる説もある一方で、奥書を否定しない見解もあり、正確な成立年代は不明とせざるを得ないが、ひとまずは本書の記述を初期の入定説と見ておきたい。

承和二年三月十五日、また云はく、「吾れ入定に擬するは、来たる二十一日の寅の剋なり。今より以後は人の食を用ゐず。仁等悲泣することなかれ。また素服を着することなかれ。吾れ入定の間、知足天に住して慈尊の御前に参仕す。五十六億余の後、慈尊下生の時、必ず須く随従して吾が旧跡を見るべし。この峰を等閑にすることなかれ。［……］」と。
空海はこのように言った。「私は、二十一日の寅の刻（午前四時頃）に入定しようと思っている。今から後は人の食べ物は口にしない。あなた方は悲しむことはないし、喪服を着る必要もない。私は入定している間、知足天（兜率天）に住んで慈尊（弥勒）にお仕えする。そして五十六億年余りの後、弥勒がこの世に姿を現す時、必ず付き従って現れ、私がかつていた場所を訪ねるであろう。よって、この山（高野山）を疎かにしてはならない」と。
弥勒は、釈迦の入滅から五十六億七千万年後にこの世に現れ（下生）、人々を救済するとされており、それまでは兜率天で修行している。この数値の算出方法については諸説あるが、一般的に、兜率天での弥勒の寿命が四千年で、かつ兜率天の一日は現世の四百年に相当する説から五億七千六百万年となり（一年を三六〇日で計算）、後に七と六が入れ替わり、一桁増えてこの数値となったといわれている。
そして予告していた二十一日になると、空海は結跏趺坐して大日の定印を結び、入定した。弟子たちは口々に弥勒の名を唱えて師を送る。とはいえ、世の人たちの如き葬送はせずに、その場に安置した。その後、四十九日の忌日に弟子たちの

兜率天　弥勒菩薩が住むとされる浄土。知足天とも。

この数値の算出方法……　宮田登「弥勒信仰の研究成果と課題」（宮田登編『弥勒信仰』、雄山閣出版、一九八四年）等。

結跏趺坐　坐禅法の一種で、両脚を組んですわる方法。

定印　禅を組んで瞑想状態に入った際の手の結び方で、仰向けた左掌の上に右掌を重ねる印。

図18　空海像（高野山宝亀院蔵）。髪の伸びた空海。

目に映ったのは、生前のままの顔色で、髪の伸びた師の姿であった（図18）。

> これに因りて剃除を加へ、衣裳を整へ、石壇を畳みて、例に人の出入りすべきばかりにす。その上に石匠に仰せて五輪の率都婆を安置し、種々の梵本陀羅尼を入れ、その上に更にまた宝塔を建立し、仏舎利を安置す。

師の身を清めて再び石壇を閉じ、まだ生きている師の身のまわりの世話をする人が出入りできるようにした。そして石壇の上に五輪卒塔婆▲（図19・20）を建て、梵字で記された陀羅尼▲を入れ、さらに宝塔を建てて仏舎利を安置したという。

さて、本書で注目すべきは、「この峰を等閑にすることなかれ」という空海の言葉と、入定後、石壇の上に「宝塔を建立し、仏舎利を安置」したことである。

前者については、『遺告二十五箇条』第十七条との比較で、よりその意義が明白となる。

五輪卒塔婆　五輪塔とも。密教で創始された塔形で、石などで方形・球形・三角形・半球形・団形の五つの形を作り、それぞれ地・水・火・風・空の五輪（五大＝万物を生み出す五つの元素）に宛て、下から積み上げたもの。多くはその表面に五大を表す梵字を刻む。なお、いちばん上の空輪は宝珠を意味する。

陀羅尼　心に記憶して忘れない力や、それを得るための技法、あるいは修行者を守護する力のある章句。特に密教で、長文のサンスクリット語を漢訳せずに原語のまま音写されたものをいう。

図19　高野山奥の院にある五輪塔の一例（藤巻撮影）。ただし、空海が入定しているとされる弘法大師御廟のものではない。

夫れ以れば東寺の座主大阿闍梨耶は、吾が末世後生の弟子なり。吾が滅度以後、弟子数千万あらんの間の長者なり。門徒数千万なりといへども、併しながら吾が後生の弟子なり。［……］吾れ閉眼の後には必ず方に兜率他天に往生して弥勒慈尊の御前に侍すべし。五十六億余の後には必ず慈尊と御共に下生し、祗候して吾が先跡を問ふべし。

『遺告二十五箇条』では入定については述べられていないながらも、兜率天往生についてこのように記されている。五十六億年余りの後に弥勒とともにこの世に現れる、という点は『金剛峯寺建立修行縁起』と同様だが、「祗候して吾が先跡を問ふべし」というのは空海がかつて歩んだ跡を訪ねるということで、『金剛峯寺建立修行縁起』が「随従して吾が旧跡を見るべし」とするのに続けて「この峰を等閑にすることなかれ」と記していることと比べると、両書のスタンスの違いがわかりやすい。白井優子が指摘するように、『遺告二十五箇条』が旧跡一般としている表現を、『金剛峯寺建立修行縁起』が特定の旧跡＝高

図20 『弘法大師行状絵詞』巻10、空海入定の上に五輪塔を建てる

野山へと書き換え、高野山が空海が入定後に守護する地であることを強調しているのである。▲『金剛峯寺建立修行縁起』の成立を、奥書の年記を遥かに降る十二世紀初頭と見る説もあるが、十世紀説を採る白井も『遺告二十五箇条』が先行すると見ており、両書の先後関係については動かないだろう。東寺側の視点で記された『遺告二十五箇条』が、東寺長者を頂点とする真言宗徒は空海の弟子であるとしたうえで、その下生を記した記述を、『金剛峯寺建立修行縁起』が高野山側に引き付けて利用したと解釈できよう。

そしてもう一点。空海が入定した石壇に、仏舎利を安置したことである。この仏舎利が、宝珠との同体説を回路として（五輪卒塔婆の空輪が宝珠を意味することも関わるかもしれない）、後世、高野山に宝珠がもたらされることになるのだ。

高野山縁起の再編

ここで、この『金剛峯寺建立修行縁起』と『遺告二十五箇条』との関係について確認しておきたい。阿部泰郎『中世高野山縁起の研究』▲に詳しいが、それに拠りつつ概略を示しておこう。

まず、いわゆる「御遺告」と呼ばれるものは五種類に分けられる。写本により書名や内容・構成が重複する等、非常に錯綜しているが、阿部が整理したように『弘法大師伝全集』▲第一巻所収の書名に従って示せば以下のようにある。

①『御手印縁起』
②『太政官符案 幷 遺告』
③『遺告真然大徳等』
④『遺告諸弟子等』
⑤『御遺告』

①と②は、それぞれ弘仁七年（八一六）の太政官符や国符等の公文書、高野山の四至（東西南北の区域）を記した文書、高野山絵図等の組み合わせで、部分的に重なっている。①にはないが、②には「遺告住山弟子等」と題する空海の遺告も含まれている。空海の生涯や高野山の開創にも触れており、また、『遺告二十五箇条』とも重なる記述がある。入定前年の承和元年（八三四）十一月十五日の

白井優子が指摘するように…… 白井優子「入定伝説の拡大」（『院政期高野山と空海入定伝説』、同成社、二〇〇二年）。

阿部泰郎『中世高野山縁起の研究』 元興寺文化財研究所、一九八二年。

『弘法大師伝全集』 長谷宝秀編、全十巻、六大新報社、一九三四—三五年。

日付が末尾に記され、『遺告二十五箇条』よりも早い時期に入定を予告していたという設定である。③と④は、ともに遺告と高野山絵図とより成っており、③の遺告は②の遺告とも一部重なり、日付は『遺告二十五箇条』と同じ承和二年三月十五日である。④にも同じ日付があり、加えて実恵・真雅・真然・真済の署名が並ぶ。内容は②③とは異なり、分量もやや多い。そして⑤は『遺告二十五箇条』である。なお、『遺告二十五箇条』は書き出しが「遺告諸弟子等（諸弟子等に遺告す）」となっているので、善通寺蔵『遺告諸弟子等』（国文研マイクロ、セ1-112-12）のように、『遺告二十五箇条』がこちらの書名で目録等に掲載されていることもあり、注意が必要である。

　太政官符等の公文書（の形式で書かれたもの）により高野山の区域等の内容が国家により認められたものであることが示され、絵図によってその区域を図示し、そして遺告＝空海の言葉によってこれまでの経緯を説明する。東寺の立場から記された⑤を除き、①〜④は高野山の権威と聖地性を示す書物であるともいえよう。特に①〜③は重なる記述が多く、写本により組み合わせが異なりもするが、松永勝巳は①〜③を併せて『高野山御手印縁起』と呼び、十一〜十二世紀頃に高野山が寺領回復の根拠とするために作成したと見ている。▲弘仁や承和の年号はもちろん仮託である。

松永勝巳は……　松永勝巳「遺告としての高野山御手印縁起」（『史学研究集録』二五号、二〇〇〇年）。

①〜④によって示される高野山の聖地性、とりわけ②〜④の遺告に記されるその特徴として阿部が指摘するのは、空海が初めて高野山に登った際、地主神である丹生明神・高野明神（図21）が現れ、この地を空海に献じたこと、および、空海が高野山を入定の地と定め、弥勒下生の際、再びこの地に現れると誓ったことの二点である。

①〜⑤の先後関係については種々の見解があり、武内孝善により諸説が整理・分析されているが、ほとんどが⑤を②〜④より先に成ったと見ている（なお遺告を含まない①には触れていない）。②〜④の先後関係や成立過程については、これまでの研究で指摘されていない新たな判断材料を持ち合わせていないため保留とせざるを得ないが、少なくとも東寺で『遺告二十五箇条』が先に成り、その後、高野山の勢力回復のために①〜④が作られたということは間違いないと思われる。

阿部はさらに、建永二年（一二〇

武内孝善により……　武内孝善「御遺告の成立過程について」（『印度学仏教学研究』四三巻二号、一九九五年）。

図21　弘法大師・丹生高野両明神像

七）書写の醍醐寺本『諸寺縁起集』所収「高野寺縁起」と大治二年（一一二七）成立の『金剛峯寺雑文』に収録される、寛弘元年（一〇〇四）九月二十五日付の太政官符案にも触れ、①〜④の説を引き継ぎ、さらにそれらを補強する要素も加わって、高野山縁起が次々に展開してゆく過程にあるものと見ている。そして、そうした動向を背景とし、高野山縁起を初めて独立した一書にまとめたものとして『金剛峯寺建立修行縁起』を挙げている。冒頭に、諸遺告に見られたふたつの要素（地主神による高野山の譲渡と空海の入定）を記し、次いで空海伝を叙述し、そのなかに諸遺告のみならず多くの伝承や霊験譚を取り込んで、空海伝・高野山縁起説の集成となっているという。

如意宝珠による縁起の変容

さて、では『金剛峯寺建立修行縁起』に記された仏舎利安置記事が、その後、いかなる変容を遂げていったのかを見てゆこう。

大江匡房が著した「弘法大師讃」なる文が、江戸時代の『本朝文集』▲に収められているが、そのなかに次のような記述が見える。

他郷月夜、高野花春、初め三地を証し、後に全身を遺して金剛定に入り、摩

『本朝文集』 水戸藩の徳川光圀の命により編集された、日本人の手になる文章（漢文）を集めた文集。貞享三年（一六八六）、文集と詩集を併せ『本朝詩文集』として完成。後に文集のみを刊行し『本朝文集』と呼ばれる。

尼輪に昇る。

空海入定についての記述であるが、「初め三地を証し」というのは、『遺告二十五箇条』第一条に引かれる恵果の俗弟子である呉殷の言葉、

今、大日本国の沙門あり、来たりて聖教を求む。みな所学をせしめて瀉瓶の如くなるべし。この沙門はこれ凡徒にあらず。三地の菩薩なり。

を踏まえている。恵果のもとにやって来て教えを求めた日本の僧は、師よりすべてを学び尽くし、あたかも瓶の水を一滴も漏らさずに移し替えるようであった。並の者ではなく、十地のうちの第三段階（発光地）に位置する菩薩であると、呉殷は感嘆している。この空海第三地菩薩説は『遺告二十五箇条』や『金剛峯寺建立修行縁起』のほか、天暦十年（九五六）の『孔雀経音義』にも見られるが、匡房がこの説に接していたということは注目に値する。

さらに、空海は金剛定に入り、摩尼輪に昇るとしている。摩尼輪とは摩尼輪塔（図22）のことであるが、これは宝珠を示す塔であり、『金剛峯寺建立修行縁起』に記される五輪卒塔婆（五輪のうち空輪は宝珠を意味する）と関わるだけでなく、

十地　菩薩が修行により得られる五十二の位のうち、最上位の妙覚・等覚の下に位置する十の位。

この空海第三地菩薩説は……　苫米地誠一「空海撰述の「祖典」化をめぐって——空海第三地菩薩説と『御遺告』の成立」（阿部泰郎編『中世文学と寺院資料・聖教』、竹林舎、二〇一〇年）。

金剛定　禅定（絶対の境地に達するための瞑想）を、宝剣による一切の煩悩を断ち尽くす金剛に喩えたもの。

図22　摩尼輪塔の一例。談山神社摩尼輪塔（藤巻撮影）

宝珠を強調していることが見て取れる。

匡房が、空海入定と宝珠とを関連づけているとおぼしい記述はこれだけではない。『本朝神仙伝』「弘法大師」伝には、次のような記述がある。

> 唐の朝より如意宝珠を齎しより以来、我が朝にこの珠のある所は、恵果の後身に幷せて、かの宗の深く秘するところなり。後に金剛峯寺にして金剛定に入り、今に存せり。初めて人は皆、鬢髪の常に生ひて、形容の変らざることを見ることを得たり。

唐から伝えた宝珠が日本のどこにあるのかは真言宗における秘密となっていることを述べ、次に空海の入定記事が続く。単に、別個の記事が連なっているだけとも取れるが、先の「弘法大師讃」と併せ見るならば、宝珠と入定とを関連づけている可能性も否定できない。匡房は、『本朝神仙伝』において空海伝に最も長文を費やしており、空海への思い入れの強さをうかがうことができる。第一章でも指摘したが、匡房は「遺告二十二章」と記しており、単純に考えるならば、室生山への宝珠埋納を記した第二十四条の内容は知らなかったと思われる。しかし、匡房の見た『遺告二十五箇条』が、現在と同じ配列で後ろ三条だけがなかった（単に欠けていた、あるいは極秘として宗外不出だった）のか、あるいは『御手印縁起』等の他の遺告類のように写本によって記事が錯綜していて、現在とは異なる内容・配列のものであった（そして第二十四条に相当する文は含まれていた）のかはわからない。現在伝わる写本や活字本でも、本によって第二十一条と第二十二条とが前後する（第一章）のであるから、後者の可能性も十分にある。そうであれば、「遺告二十二章」という記述のみから、匡房が第二十四条の内容を知っていた可能性を直ちに否定することはできない。ただ、『江談抄』の次の記述を見る限り、やはり室生山宝珠埋納説は知らなかったのであろう。

また云はく、「弘法大師の如意宝珠瘞納（えいなう）の札の銘に云はく、「宇一山精進峰竹目目底土心水道場」と。この文、いまだ読めず」と云々。

空海が宝珠を埋納（瘞納）した札の銘に書かれている謎の言葉が読めないとい

うことだが、実際の札を見たのか、なんらかの書物に記されているのを見たのか、いずれにしても『遺告二十五箇条』とは異なる情報源によるものであろう。「宇一山」は「宀一山」、「竹目目」は「竹木目」、「士心水」は「士心水師」のこと。本書は匡房の談話を藤原実兼▲が筆録したものであり、この誤りが匡房に起因するとは限らず、実兼、あるいはその後の書写者が意味を理解できずにこう記した可能性もあるが、それでも「いまだ読めず」としていることから、やはり匡房は宀一山への宝珠埋納を知らなかったと見るべきであろう。本書は長治（一一〇四—〇六）から嘉承（一一〇六—〇八）頃の成立とされる。『本朝神仙伝』の成立時期が不明であるため先後関係はわからぬが、匡房が見た「遺告二十二章」には第二十四条は含まれていなかったと推測できる。少なくとも、「弘法大師讃」や『本朝神仙伝』には、宀一山宝珠埋納説はまったく反映されていない。

さて、この匡房とも関係が深く、空海の入定について種々の考察をめぐらした人物として済暹▲がいる。仁和寺慈尊院に住し、広沢流の血脈に連なる僧である。承暦三年（一〇七九）、空海の詩文集『遍照発揮性霊集』全十巻のうち、散逸した末尾三巻を『続遍照発揮性霊集補闕抄』として再編集したことで名高い。こうした済暹の学識を、碩学の誉れ高い匡房も高く評価していたようで、「中御室」と呼ばれた覚行法親王▲の灌頂を記録した『中御室御灌頂記』に、灌頂の際に済暹

藤原実兼　一〇八五—一一一二年。平安時代後期の漢詩人。

済暹　一〇二五—一一一五年。平安時代後期の僧。

覚行法親王　一〇七五—一一〇五年。白河天皇の第三皇子で、仁和寺第三代門跡となる。

が読み上げた嘆徳文を全文収載している。

この済暹には、『弘法大師御入定勘決記』という著作がある（図23）。文字どおり、空海の入定について検証した書物であるが、済暹はこのなかで、空海の入滅を記す伝記類を誤りと否定して死を認めず、空海は入滅ではなく入定したのだと主張する。『弘法大師御入定勘決記』で展開される済暹による解釈については堀内規之が詳論しているが、『遺告二十五箇条』第十七条に記される兜率天往生との整合性に腐心している。つまり、入定している＝生きているのであれば、どうやって兜率天に往生するのか、ということである。その理論について詳細は割愛するが、宝珠と関わる箇所について見てゆこう。

本書は問答形式で叙述されている。空海が入定している、即ち生を保っているのだとすれば、なぜ「入滅定の相」を示しているのかという質問に対し、「惣別二種の因縁」があるとして、次のように答えている。

答ふ、「惣相の因縁とは、謂はく、大師の本意は大日尊所伝の三密の教跡、受法灌頂の道を護

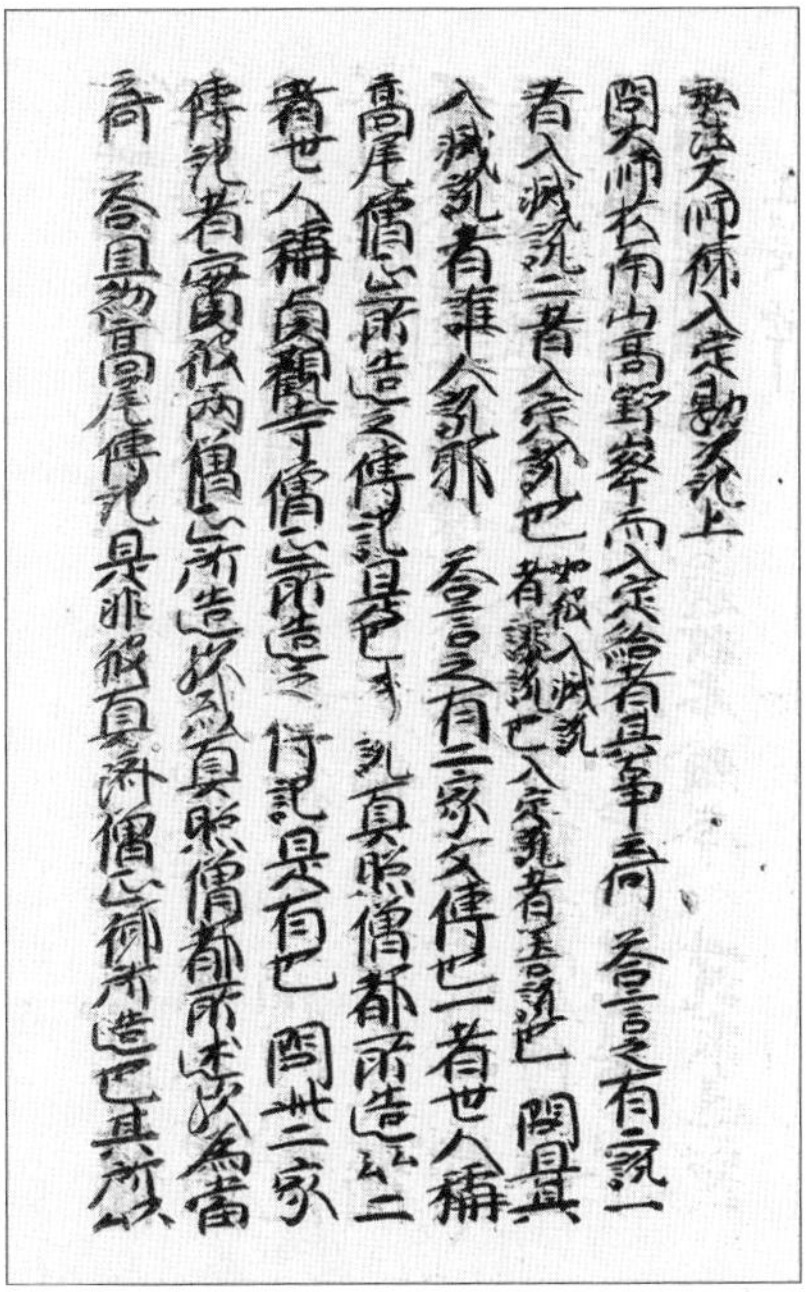

図23 『弘法大師御入定勘決記』冒頭

嘆徳文　灌頂の際に読み上げられる、灌頂を受ける僧の徳を讃嘆する文。

『弘法大師御入定勘決記』で展開される……　堀内規之「済暹の空海入定信仰」（『済暹教学の研究――院政期真言密教の諸問題』、ノンブル社、二〇〇九年）。

入滅定　滅定とは意識の働きをすべて滅した境地。その境地に入ること。

り継ぎて、弥勒仏出世の時に至るまで断絶せしめざらんがための故に、入定の方便を以て、かくの如くの大事因縁を成弁せしむるなり。［……］別相の因縁とは、入定の故身を以て断身の師匠となして、青龍和上の昔付属せらるる所の秘密所成最妙の如意宝珠に於いて、その雨宝の法則、妙術三密の行法、枢要の教を伝受せんがための故に、入定の相を示現してこの仏事を成弁する故に、これを以て大師入定の因縁となさんや」。

つまり、大日より伝わる密教の教えを、弥勒がこの世に現れる時まで断絶せぬよう、入定という方便をとっているのが「惣相の因縁」であり、「別相の因縁」とは、青龍寺の恵果より伝わる宝珠に関わる種々の教えを授けるため（「伝受」とあるが「伝授」の誤りか）、入定の相を示しているということである。

続けて、なぜ空海は入定という方法でこれらの因縁をなすのかという質問があり、それに対し、迦葉が釈迦の僧伽梨▲を弥勒に伝えるために入滅定の相を示したことを類例として挙げつつ、空海は弥勒出現の時、自身の生まれ変わりに宝珠を授け、その利益を明らかにするため、仮に入滅定の相を示していると説明する。さらに、宝珠については『遺告二十五箇条』第二十四条の一節「大唐の大師阿闍梨耶の付属せらるる所の能作性の如意宝珠は、載頂して大日本国に渡り、名山の

僧伽梨　僧の正装衣で、九条から二十五条の布片を縫い合わせた一枚の布からなる袈裟。

勝地に労り籠むること既に畢んぬ」を示したうえで、恵果の弟子たちのなかで空海のみが宝珠を付属されたため、それを深山に隠したのだと説明する。そして最後に、

> 答ふ、「この付属する所の宝珠、今の世に於いては全くその雨宝の利益なき者なり。これ五濁悪世の衆生、福業なき時節なるを以ての故なり。所以に今の世に於いては、これを顕現し流行せしめざるなり。ただ当来弥勒出世の時を待ちて、福業衆生のために、この宝珠雨宝の勝用あるべきが故に、大師入定の相を示現せらるるは、則ち久しく生身を留めて滅度に入らずして、当に弥勒仏の出世の時を待ちて、則ち滅定より出でて、更に掲げて彼の大師の後身の菩薩のために、方にその宝珠の在処を指示せらる。これ付属の義なり。また更にこの、その宝珠の因縁在処を問決する条は、これ即ち先跡を問ふに当たる義なり。[……]」。

と、今の世では宝珠に「雨宝」の利益はなく、弥勒の出現を待たねばならないとしている。空海が入定の相を示すのは、生きたまま弥勒出現を待ち、滅定の境地から出て、自らの生まれ変わりのために宝珠の埋まる場所を示すためである。恵

果が宝珠を与えたのはまさにこのためであり、また、宝珠をめぐる因縁や在所を検証することは、『遺告二十五箇条』第十七条の「必ず慈尊と御共に下生し、祇候して吾が先跡を問ふべし」の意味を問うことでもあるというのだ。

先に述べたように、「吾が先跡を問ふべし」とする『遺告二十五箇条』を、『金剛峯寺建立修行縁起』は「吾が旧跡を見るべし。この峰を等閑にすることなかれ」と書き換え、特定の旧跡＝高野山を空海が入定後に守護する地であると強調しているのであるが、『弘法大師御入定勘決記』の解釈では、「吾が先跡」は恵果から宝珠を付属されたことにほかならない。

なお、「雨宝」とは財宝を雨のように降らせるという意味であるが、文字どおり経済的な利益というより、『遺告二十五箇条』第二十四条の「これを以て密教は劫かに栄え、末徒博延せん」という記述と突き合わせるならば、高野山に空海が入定していることがその鍵となり、宝珠の力によって密教が繁栄することと考えてよかろう。こうした解釈は広沢流の外部にも広く受け入れられたようで、前章で確認した『宀一山 山階寺寛継法橋』の「〔秘法を〕弘法は土心に付し、土心この地に埋む。即ち入定して慈尊の出世を待つのみ」という記述はこの説を下敷きにしていると思われ、頼瑜の『御遺告釈疑抄』では、

この宝珠は空海大師末法の中に来たりて仏法澆季（ぶっぽうげうき）の時、定より出で給ひて、
また重ねて仏法を弘め給ふ時、取り出し給ふべしと云々。

と、仏教が衰えた時のいわば切り札として宝珠を位置づけている。

ただ、『遺告二十五箇条』に基づく限り、宝珠埋納の地は宀一山であり、高野山ではない。済暹の解釈は、弥勒下生の際に宝珠の力を存分に発揮させるための存在としての空海、そしてその空海が入定する高野山というものであり、『高野山秘記』に見るような高野山宝珠埋納説とは根本的に異なる。また、龍王の宝珠とも関わらない。あくまで系統の異なる宝珠説である。

この済暹の説が、後に中院流に入り『高野山秘記』に見る宝珠説に結実してゆくわけだが、『宀一山（山階寺寛継法橋）』や『御遺告釈疑抄』にも弥勒下生と宝珠埋納とを結び付ける説が受容されていたことを考えるならば、三宝院流を経由して中院流へという流れを想定するのが妥当ではないだろうか。

真言宗の外へ

ところで、済暹による宝珠解釈は、もちろん広沢流のすべてではない。例えば、恵什（えじゅう）▲口伝・覚印（かくいん）▲筆記の『勝語集（しょうごしゅう）』巻上には、保延二年（一一三六）の口伝として、

恵什　生没年未詳。平安時代後期の僧。仁和寺阿闍梨。

覚印　一〇九七―一一六四年。平安時代後期の僧。

仏眼尊　仏の智慧の眼を神格化したもの。大日如来・釈迦如来・金剛薩埵の化身ともされる。仏眼仏母ともいう。

随求菩薩　この菩薩を念じてその真言を唱えると、願いが思いどおりになるという菩薩。大随求菩薩ともいう。

光宗　一二七六―一三五〇年。鎌倉時代後期から南北朝時代の僧。比叡山の澄豪に穴太流の天台密教を学び、同門の恵鎮とともに黒谷流を開いた。

「真言宗に二箇の如意珠、これあり。仏眼並びに随求なり」と伝える。仏眼とは仏眼尊、随求とは随求菩薩を指す。その他、広沢流においても宝珠をめぐる種々の言説が展開していた様相をうかがうことができるが、紙幅の都合でそこまで踏み込む余裕はない。

そして空海所縁の宝珠は、真言宗だけに限定されるものではなく、例えば天台宗においても語られていた。光宗が諸領域にわたる天台宗の口伝を集成した『渓嵐拾葉集』（一三一一―四八）は、舎利や宝珠についての口伝を集めた巻第十一に次のような記事を載せている。

一つ、物語に云はく、「弘法大師御作の如意宝珠、先年、毘沙門堂経海僧正の時、感得せらる。その体たらく、径輪七八寸ばかり。衆宮を含み、大底形珀色なりけり。凡そ大師御作の珠、数顆なり。一顆は稲荷峯に埋めたり。今の如意峯、これなり。一顆は高野山に埋めたり。今の摩尼峯、これなり。一顆は鳥羽の宝蔵に収められたり。一顆は仁和御室の重宝これなり」と云々。

と、経海なる僧が得た宝珠から、空海作製の宝珠へと話題を進め、それぞれ稲荷峯・高野山・鳥羽の宝蔵・仁和寺に伝わると記している。また、この次の記事に

は、

一つ、弘法大師宝珠を建立の事。大定房物語して云はく、「弘法所造の宝珠七顆なり。東国・西国・高野摩尼山・稲荷如意峯・伊勢の多土〈六所権現〉・仁和寺御室・鳥羽宝蔵〈已上七箇処にこれを建立安置す〉」と云々。

と、大定房▲の語ったこととして、空海作製の七顆の宝珠の在所が述べられる。ただし、『渓嵐拾葉集』に収録される天台宗の口伝ではあるが、その内容までも天台系の所説であると断ずるものではなく、これらの説の正確な素性は不明である。

さらに、宝珠を埋める人物は空海だけに限定されるわけではない。真言宗において創られた宝珠埋納とそれによる聖地化というモチーフは、埋納者や埋納地が他に移っても、また新たな言説を生み出してゆく。空海以外の人物による宝珠埋納説も少なくないが、ここでは、空海と同じ場所に宝珠を埋納したとされる人物の登場する事例を見てみよう。玉置神社（奈良県吉野郡）の縁起たる『玉置山権現縁起』（一三五〇）に、次のような記事がある。

一つ、三所の如意宝珠の事。一所は玉置の子守の上に、役行者、如意宝珠こ

大定房　田中貴子「天台口伝法門と説話――『渓嵐拾葉集』の「物語云」をめぐって」（『『渓嵐拾葉集』の世界』、名古屋大学出版会、二〇〇三年）によると、大定房とは比叡山西塔東谷の房名で、光宗と同時代に住していた俊憲なる僧から直接に聞き書きしたものとする。

れを埋む。或いは云はく、「役行者、如意宝珠、金剛童子の後ろにこれを埋む」と云々。また云はく、「弘法大師、如意宝珠、これを埋む」と云々。所詮、役行者の如意宝珠は、子守と蔵王御在所の中門とにこれを埋めらる。弘法大師の如意宝珠は、金剛童子の御後ろにこれを埋めらるるか。この事、最秘の口伝、聊かも外聞に及ぶべからず。

大峯山系の霊山の一つである玉置山の九合目に位置し、熊野と吉野を結ぶ大峯奥駈道の行所でもある玉置神社は、『金峯山本縁起』（一一三三）や『諸山縁起』（鎌倉初期）にも「玉木宿」と記され、その頃にはすでに修験の霊場となっていたと思われる。ここに宝珠が埋められることは「玉置」の名の由来としても語られているが、右の記事に見る如く、役小角▲と空海とが、それぞれ宝珠を埋納したというのである。この縁起は、これに続けて「弘法大師曰はく」として『遺告二十五箇条』の宝珠についての記述をいくつか引用する。このことから、空海による宝珠埋納説が大きく意識されていたことは確実であるが、修験霊場としてのアイデンティティを保証するために、それとは別個に役行者も宝珠を埋めていた、という設定が必要とされたのであろう。

このように、生きた時代の異なる人物さえも、空海とともに宝珠を埋納したと

役小角　生没年未詳。飛鳥時代から奈良時代の呪術者。通称は役行者・役優婆塞。平安時代中期以降、山岳宗教の修験道と結び付き、その開祖とされた。

いう設定のもとに語られるようになるのだ。さらに、宝珠の持つ霊力のみを必要とする立場からは、空海を介在させずとも宝珠埋納を語ることも可能となるだろう。

埋納という宗教儀礼が、『遺告二十五箇条』で空海所縁の宝珠と結び付けられたことにより、室生山を聖地へと変容させる指標としての機能を獲得した。いったんその力を得た宝珠は、室生山から離れ、あるいは空海から離れても、力を失うことはない。むしろ、その由来や効能を語る言説により新たな力を得て、融通無碍に展開する。「意のままに願いを叶える」という宝珠に期待された霊力が、おそらくはその期待を遥かに超え、聖地の創出／演出という域にまで達したのである。

おわりに

改めて、聖地とはなんだろうか。

原初的には、自然界にある森林や岩石、洞窟や河川、あるいは海や山といったものが宗教的な感覚・言説と結び付き、聖地と見なされるようになったのではないかと推測される。大自然の威力を前にして、弱き人間たちは超越的な存在をそこに幻視し、その空間が聖地として認識されるようになる。また、ある場所をめぐる神や聖人といった超越者の信仰や言説が生成することにより、そこが聖地とされることもあるだろう。実際にはこれらのパターンが渾然となり、聖地空間を構成することが多いと思われる。

そうした認識をより明確化し、固定化するため、あるいはなんらかの目的により特別な空間が必要とされ、聖地が新たに創られることもある。超越的存在を人間が崇拝し、それゆえ時には人間にとって禁忌ともなりうる空間を、ほかならぬ人間が創出するのだ。そのようにして、特定領域を均質空間から〝聖別〟する方法は多岐にわたるが、例えばそれを「隔離」と「指標」という概念で説明することもおこなわれている。▲これによって人間が聖地を自在にコントロールすること

例えばそれを……　小口偉一・堀一郎監修『宗教学辞典』（東京大学出版会、一九七三年）の「聖地」項（戸田義雄）は、「自然的聖所」に対する「人工的聖所」の説明として、「自然的聖所とは別に、聖地の恒久化をはかるため、また、必要に応じて随時現出するため、人為的に聖なる空間を創出することがある。その場合、聖域を成立せしめる必須条件の一つは、何がしかのものをもって「聖域として区切る」ことである。また、何がしかのものをもって「聖域の標」とすることである」と述べる。

ミルチャ・エリアーデ　一九〇七―八六年。ルーマニアの宗教学者、作家。

が可能となり、均質空間の一部を聖地化することで、新たな権威を手にすることができるのである。

ところで、その空間がどんなに特別なものであっても、我々がそのことに気づかない限り、そこは特別ではないし、聖地ということにはならない。まず我々は、その空間の存在を知り、共有する必要がある。例えばミルチャ・エリアーデ▲は、他とは異なる特異な景観や目印となるモノの存在によって、そこが聖地であることを知らされるというが▲、ある空間や物体から特別な意味を見いだすのは我々の意識と眼差（まなざ）しであり、我々が特別であると認識したからこそ、そこは聖地となるのである。ある場所を特別な空間として可視化する人間の精神的営為が、聖地を発見し、成立させると言い換えてもよい。そう考えるならば、自然発生的な聖地と人為的な聖地とは、厳密に区別できるものではないのかもしれない。

聖地が聖地であることを証明するための指標は、それ自体が聖性を有していなければならない。より正確には、聖性を有していることが明白であるための説得力が必要となる。本書で論じてきた如意宝珠は、「如意宝珠」と名づけられた時点で特別な力を付与されたものであることは疑いなく、それが聖地をより聖地たらしめる指標として機能する。そしてその一方で、宝珠それ自体の聖性を、その由来を語る種々の言説がさらに高めてゆくのである。

ミルチャ・エリアーデは……　久米博訳『聖なる空間と時間 宗教学概論3』（エリアーデ著作集第三巻、せりか書房、一九七四年、原著刊行は一九六八年）第十章「聖なる空間——寺院、宮殿、「世界の中心」」に、「どのような力の顕現（クラトファニー）も、どんな聖の顕現（ヒエロファニー）も、ともに、それが顕現した場を変容させてしまう。すなわち、それまでは俗的空間であったものが、聖なる空間に昇格するのである。たとえばニュー・カレドニア島のカナカ人にとり、「藪地にある、無数の岩や孔のあいた石は、それぞれ特別な意味をもっている。ある凹みは雨乞いに適しており、他の凹みはトーテムの住いであり、またある場所には殺された者の復讐の霊が出没する。こうして風景全体が霊魂に満ちており、風景のどんな細部も意味をもっており、自然は人間の歴史を帯びている」のである。もっと正確にいえば、クラトファニーやヒエロファニーのために、自然は変容を受け、その結果、自然は神話化されるようになる」とある。

しかし、実在／想像を問わず、指標となりうる存在はほかにいくらでもあるはずだ。なぜ宝珠なのか？　例えば『宀一山記』に描かれた室生山内の両部不二浄土より通ずる龍宮は、「四面に瑠璃・馬瑙・車渠・虎珀の幡これあり。その中、金銀殊妙の世界なり」と形容され、きらびやかな宝物たちにより荘厳されていた。しかし、これらが宝珠の役割を代替することは決してない。あるいは、千手観音がそれぞれの手に持つ宝輪・宝剣・錫杖（しゃくじょう）・数珠（じゅず）……等々、三十八の持物のひとつに宝珠があるが、千手観音信仰という文脈では、宝珠だけが特別視されることはない。宝珠が特別な存在となり、さらに聖地の指標として機能するには、それを他から聖別する意識と眼差しが必要である。

　本書では、真言宗における種々の宝珠認識や、その由来を語る言説を見てきたが、そこには宝珠を神聖視する意識と眼差しが反映されていた。そうした宝珠観に支えられ、宝珠は特別な存在となったのである。聖地も、そしてその指標も、最初から特別なのではない。数値化可能な、均質で客観的な存在でしかないはずだ。〈聖なる力〉の顕現により、そこにかくも大きな変容をもたらすことを可能とするのは、聖なる存在に対する我々の豊かな想像力と、それを言語化し文字として記しとどめる書物の力にほかならない。

あとがき

大学院修士課程在学中、説話文学会の例会で初めて「宀一山」に出会ったときの衝撃は忘れられない。「宀一山」という、まるで暗号のような表記とその由来もさることながら、そこから展開する種々の不思議な言説に心を奪われた。しかし、まさか自分がそれを研究することになるとは、当時は夢にも思っていなかった。その時の私は、修士論文のテーマを決めかねており、種々の仏教説話集から観音霊験譚(れいげんたん)を抽出して分析していたのだが、なんの成果も得られぬまま、終わりの見えない作業に時間を費やしていた。

私は大学は商学部で学び、大学院では日本文学専攻に転じた。独学で分野変更をし、他大学の大学院に進学して研究者を目指そうなどという無謀なことに人生を賭けたつもりであったが、しかしそれほどまでに自分を熱くさせる研究テーマに出会っていたというわけではない。研究者になりたいという気持ちは強くあったものの、なにを研究したいのかという明確なビジョンはまだ持っておらず、大学院入試で説明できる程度にそれらしいテーマを掲げてみたが、ほどなくそれを進めてゆくことに疑問を感じるようになっていた。

説話文学会での衝撃の記憶も薄れた頃、ようやく修士論文のテーマが見えてきた。観音霊験譚の分析から、十一面観音を本尊とする長谷寺の縁起に注目し、古代から近世にかけて縁起が再生産と変容を繰り返してゆく様相を論じてみようと考えた。特に中世の『長谷寺縁起文』という縁起では、それまでの縁起になかった密教的、神仏習合的要素が強くなり、非常に難解ではあったが、未知の面白さを感じていた。

翌年、「宀一山」の口頭発表が活字化された。門屋温「「宀一山土心水師」をめぐって」（『説話文学研究』三二号、一九九七年）である。改めてこれを読み、さらに論文で言及されていた『宀一山秘密記』を読んだところ、『長谷寺縁起文』の成立を考えるうえで重要なものが「宀一山」にあるのではないかと直観した。しかし、修士論文ではそこまで追究することができず、博士後期課程に進学してから詳しく検証し、何本かの論文を発表した。

その後は、興味の対象が次々と広がり、博士論文は長谷寺縁起を中心にまとめたものの、その総括もせぬまま、寺社縁起、遺告、如意宝珠、聖地、巡礼記……といろいろなものに手を出し、さらには縁起の比較文化論や、近代学問の起源と編成といったテーマにも取り組んできた。もともと日本文学の研究テーマとしては変わっているといわれていたが、こうなってくると、もはやなんの研究者なのかわからない。日本文学研究者のなかには、「作家」や「作品」に即して自身の研究テーマを説明するという形式に慣れてしまい、それに合致しないテーマを理解できないという人も少なくない。そういう人たちの目には、中心軸のない研究者であるかのように映っているのかもしれない。

私自身は、自分の研究テーマを必ずしも「日本文学」という枠組みのなかで説明する必要性を感じていないし、その日本文学とて、作家・作品という切り口以外にも、いくらでもアプローチのしかたはある。あえて自分の研究テーマというものを言語化するならば、「起源の探求と捏造」といったところだろう。人々が起源を知ろうとすることで過去と現在との繋がりを認識したり、あるいはそれを捏造して歴史を書き換えたりする心性。本書で扱った聖地と如意宝珠も、まさにこうした心性により創られ、そして変容してゆくのである。

ところで、本書は国文学研究資料館の歴史的典籍NW事業の一環である公募型共同研究「紀州地域に存する古典籍およびその関連資料・文化資源の基礎的研究」（研究代表者：和歌山大学准教授・大橋直義）の成果の一部でもある。大橋さんとは出身大学院は異なるものの、院生時代から研究会等でご一緒した仲である。私が二〇一一年に近畿大学に転じた翌年に、大橋さんは和歌山大学に着任し、東京から関西に研究の拠点を移してからも種々の調査や研究会で顔を合わせることとなった。公募型共同研究に応募する際にも声をかけていただき、私は調査部門統括として寺院資料調査等に携わっている。

昨年、歴史的典籍NW事業の一環としてブックレット刊行の告知があり、かつて論じた宀一山の如意宝珠に、新たに高野山からの視点を導入してまとめ直すよい機会であると考え、書かせていただくことになった。十数年前に論じた時は、日本文学研究者からは「難解」「意義がわからない」等、ほとんど理解を得られず、しかし思想史や密教学研究者、あるいは欧米の宗教学研究者からはある程度読んでもらえたように思う。今回、一般向けのブックレットとしてこのテーマを論ずることとなり、日本文学はもとより、あらゆる分野へと開いてゆけるものとして書くことを心がけた。これまで「起源の探求と捏造」というテーマを追究し、また紀州プロジェクトに関わることで得た新たな知見を生かして記したこの書が、多くの方々に読まれ、聖地と如意宝珠が持つ限りない魅力を感じていただけたら幸いである。

二〇一七年七月　生駒山を窓外に眺めつつ　藤巻和宏

本書における引用文は以下のものにより（本文・欄外注で示したものを除く）、読みやすさを優先して適宜表記を改めた。読みにくいと思われる漢字にはルビを振り、文中に句読点や鉤括弧を施し、漢文は訓読した。なお、小字割注表記は〈 〉で示した。

『日本書紀』『土佐国風土記』『今昔物語集』…新編日本古典文学全集（小学館）
『遺告二十五箇条』…弘法大師空海全集（筑摩書房）
『大智度論』『悲華経』『四巻』『遍口鈔』『秘鈔問答』『厚造紙』『勝語集』『渓嵐拾葉集』…大正新修大蔵経（大正一切経刊行会）
『御請来目録』…増補三版弘法大師全集（密教文化研究所）
『本朝神仙伝』…日本思想大系（岩波書店）
『御遺告釈疑抄』『御遺告秘決』…続真言宗全書（続真言宗全書刊行会）
『玉葉』…『訓読玉葉』（高科書店）
『東要記』『金剛峯寺建立修行縁起』『太政官符案幷遺告』『遺告真然大徳等』『弘法大師御入定勘決記』…弘法大師伝全集（六大新報社）
『本朝文集』…新訂増補国史大系（吉川弘文館）
『江談抄』…新日本古典文学大系（岩波書店）
『玉置山権現縁起』…神道大系（神道大系編纂会）

主要参考文献

森田龍僊「御遺告及び御手印縁起の研究（上・下）」（『密教研究』七五・七六号、一九四〇・四一年）
密教文化研究所編『増補再版 弘法大師伝記集覧』（密教文化研究所、一九七〇年）
西田長男「室生竜穴神社および室生寺の草創——東寺観智院本『宀一山年分度者奏状』の紹介によせて」（『日本神道史研究 第四巻 中世編（上）』、講談社、一九七八年）
逵日出典『室生寺史の研究』（巌南堂書店、一九七九年）
阿部泰郎『中世高野山縁起の研究』（元興寺文化財研究所、一九八二年）
堀池春峰「室生寺の歴史」「宀一山図と室生寺」（『南都仏教史の研究 下（諸寺篇）』、法藏館、一九八二年）
白井優子『空海伝説の形成と高野山——入定伝説の形成と高野山納骨の発生』（同成社、一九八六年）
阿部泰郎「宝珠と王権——中世王権と密教儀礼」（『岩波講座東洋思想16 日本思想2』、岩波書店、一九八九年）
村山修一「如意宝珠の霊能」（『変貌する神と仏たち——日本人の習合思想』、人文書院、一九九〇年）

仲尾俊博『日本密教の交流と展開――続日本初期天台の研究』（永田文昌堂、一九九三年）
武内孝善「御遺告の成立過程について」（『印度学仏教学研究』四三巻二号、一九九五年）
逵日出典『室生寺――山峡に秘められた歴史』（新人物往来社、一九九五年）
門屋温「「宀一山土心水師」をめぐって」（『説話文学研究』三二号、一九九七年）
国文学研究資料館編『中世高野山縁起集』（真福寺善本叢刊9、臨川書店、一九九九年）
藤巻和宏「初瀬の龍穴と〈如意宝珠〉――長谷寺縁起の展開・「宀一山」をめぐる言説群との交差」（『国文学研究』一三〇号、二〇〇〇年）
松永勝巳「遺告としての高野山御手印縁起」（『史学研究集録』二五号、二〇〇〇年）
藤巻和宏「『長谷寺縁起文』観音台座顕現譚成立の背景――空海神泉苑請雨譚・如意宝珠龍王伝授説との関わりから」（『国文学研究』一三三号、二〇〇一年）
藤巻和宏「宀一山と如意宝珠法をめぐる東密系口伝の展開――三宝院流三尊合行法を中心として」（『むろまち』五号、二〇〇一年）
白井優子『院政期高野山と空海入定伝説』（同成社、二〇〇二年）
藤巻和宏「如意宝珠をめぐる東密系口伝の展開と宀一山縁起類の生成――『宀一山秘密記』を中心として」（『国語国文』七一巻一号、二〇〇二年）
牧野和夫・藤巻和宏「実践女子大学附属図書館山岸文庫蔵『御遺告大事』一軸 解題・影印」（『実践女子大学文学部紀要』四四号、二〇〇二年）
藤巻和宏「宝珠をめぐる秘説の顕現――随心院蔵『宀一山秘記』の紹介によせて」（『古典遺産』五三号、二〇〇三年）
覚禅鈔研究会編『覚禅鈔の研究』（親王院堯榮文庫、二〇〇四年）
中村本然「真言密教の修法と如意宝珠」（『高野山大学密教文化研究所紀要』一八号、二〇〇五年）
中村本然「真言密教における如意宝珠〈信仰〉」（智山勧学会編『中世の仏教――頼瑜僧正を中心として』、青史出版、二〇〇五年）
藤巻和宏「組織と縁起――平安・鎌倉期の真言密教における〈縁起〉言説」（堤邦彦・徳田和夫編『寺社縁起の文化学』、森話社、二〇〇五年）

堀内規之『済暹教学の研究――院政期真言密教の諸問題』（ノンブル社、二〇〇九年）

苫米地誠一「空海撰述の「祖典」化をめぐって――空海第三地菩薩説と『御遺告』の成立」（阿部泰郎編『中世文学と寺院資料・聖教』、竹林舎、二〇一〇年）

内藤榮『舎利荘厳美術の研究』（青史出版、二〇一〇年）

伊藤聡『中世天照大神信仰の研究』（法藏館、二〇一一年）

藤巻和宏編『聖地と聖人の東西――起源はいかに語られるか』（勉誠出版、二〇一一年）

高橋悠介「建治三年の宝珠制作」（『日本仏教綜合研究』一三号、二〇一五年）

藤巻和宏「東大寺再建と重源の伊勢参宮」（『水門――言葉と歴史』二四号、二〇一二年）

スティーブン・トレンソン『祈雨・宝珠・龍――中世真言密教の深層』（京都大学学術出版会、二〇一六年）

藤巻和宏「頼瑜と如意宝珠」（大橋直義編『根来寺と延慶本『平家物語』――紀州地域の寺院空間と書物・言説』、勉誠出版、二〇一七年）

掲載図版一覧

図１　奈良国立博物館蔵「如意輪観音像」

図２　東京国立博物館蔵「金銅火焰宝珠形舎利容器」（右）、奈良国立博物館蔵「舎利容器（火焰宝珠形）」（左）

図３　善通寺蔵『遺告諸弟子等』（国文研マイクロ、セ1-112-12、No.21・23・27）※書き出しの「遺告諸弟子等（諸弟子等に遺告す）」が書名として登録されているが、『遺告二十五箇条』の写本のひとつである。

図４・11　宮内庁書陵部蔵『続群書類従』第八百内『宀一山記』（国文研マイクロ、20-146-1-C、No.22412）（国文研マイクロ、20-146-1-C、No.22414）

図５　彦根城博物館琴堂文庫蔵『宀一山秘密記』（国文研マイクロ、243-58-6、No.491・492）

図６　藤巻架蔵、承応三年（1654）写『遺告二十五箇条』

図７・８　真福寺大須文庫蔵『御遺告釈疑抄』（国文研マイクロ、278-81-47、No.468）（国文研マイクロ、278-81-47、No.610）

図９　楽田寺蔵「善女龍王像」

図10　三室戸寺蔵「摩尼宝珠曼荼羅」

図12　称名寺聖教『宀一山図』（神奈川県立金沢文庫保管）

図13・20　東寺蔵『弘法大師行状絵詞』

図14　東寺観智院蔵『御遺告大事』

図15　大和文華館蔵『吉部秘訓抄』（国文研マイクロ、257-378-4、No.300）

図16　真福寺大須文庫蔵『高野山秘記』（国文研マイクロ、278-20-12、No.365）

図17　多和文庫蔵『金剛峯寺建立修行縁起』（国文研マイクロ、271-203-6、No.157）

図18　高野山宝亀院蔵「空海像」

図21　金剛峯寺蔵「弘法大師・丹生高野両明神像」

図23　真福寺大須文庫蔵『弘法大師御入定勘決記』（国文研マイクロ、278-2-4、No.360）

藤巻和宏（ふじまきかずひろ）
1970年、群馬県生まれ。早稲田大学大学院文学研究科博士後期課程単位取得退学。博士（文学）。現在、近畿大学文芸学部教授。専攻、日本古典文学、宗教言説史、学問史。著書に、『聖地と聖人の東西——起源はいかに語られるか』（編著、勉誠出版、2011年）、『近代学問の起源と編成』（共編著、勉誠出版、2014年）、論文に、「総論 寺院縁起の古層」（小林真由美・北條勝貴・増尾伸一郎編『寺院縁起の古層——注釈と研究』、法藏館、2015年）、「古典教育と宗教思想——中世は「宗教の時代」なのか？」（松尾葦江編『ともに読む古典——中世文学編』、笠間書院、2017年）などがある。

ブックレット〈書物をひらく〉10
聖なる珠（たま）の物語——空海・聖地・如意宝珠（にょいほうしゅ）
2017年11月20日 初版第1刷発行

著者 藤巻和宏
発行者 下中美都
発行所 株式会社平凡社
〒101-0051 東京都千代田区神田神保町3-29
電話 03-3230-6580（編集）
03-3230-6573（営業）
振替 00180-0-29639
装丁 中山銀士
DTP 中山デザイン事務所（金子暁仁）
印刷 株式会社東京印書館
製本 大口製本印刷株式会社

ISBN978-4-582-36450-7
NDC分類番号910.23 A5判（21.0cm） 総ページ120

平凡社ホームページ http://www.heibonsha.co.jp/